Tome 1
LES ENFANTS DE LA NUIT

Catalogage avant publication de Bibliothèque
et Archives nationales du Québec
et Bibliothèque et Archives Canada

Comeau, Yanik, 1968-
Les enfants Dracula
Sommaire: t. 1. Les enfants de la nuit.
Pour les jeunes.
ISBN 978-2-89585-039-7 (v. 1)
ISBN 978-2-89585-040-3 (v. 1)
I. Titre. II. Titre: Les enfants de la nuit.
PS8555.O516E53 2010   jC843'.54   C2009-942280-8
PS9555.O516E53 2010

Illustration : Sybiline

Les Éditeurs réunis bénéficient du soutien financier de la SODEC
et du Programme de crédit d'impôt du gouvernement du Québec.

Nous remercions le Conseil des Arts du Canada
de l'aide accordée à notre programme de publication.

Édition :
LES ÉDITEURS RÉUNIS
www.lesediteursreunis.com

Distribution au Canada :
PROLOGUE
www.prologue.ca

Distribution en Europe :
DNM
www.librairieduquebec.fr

Imprimé au Québec (Canada)

Dépôt légal : 2010
Bibliothèque et Archives nationales du Québec
Bibliothèque nationale du Canada

Yanik Comeau

LES ENFANTS
DRACULA

Tome 1
LES ENFANTS DE LA NUIT

LER
LES ÉDITEURS RÉUNIS

DU MÊME AUTEUR
(principaux ouvrages)

Les Éditeurs réunis (LÉR)
Les enfants Dracula, tome 1 – Les enfants de la nuit, 2010
Les enfants Dracula, tome 2 – La résurrection de la chair, 2010
Les enfants Dracula, tome 3 – Le sang de l'alliance, automne 2010

Éditions Héritage
L'arme secrète de Frédéric, roman, collection Libellule, 1994
Frédéric en orbite!, roman, collection Libellule, 1996

Éditions Milan (France)
«Sarah et Guillaume chez le père Noël», conte, dans *Mille ans de contes – Québec,* 1996-2008

Éditions HRW / Grand Duc
Vénus en autobus, roman, collection L'Heure Plaisir Coucou, 1997
Jupiter en hélicoptère, roman, collection L'Heure Plaisir Coucou, 1997

Éditions Pierre Tisseyre
«Les phases de la lune», nouvelle, dans *Entre voisins,* collection Conquêtes, 1997
«Ski de chalet sous la pleine lune», nouvelle, dans *Peurs sauvages,* collection Conquêtes, 1998
Voulez-vous m'épouser, mademoiselle Lemay?, roman, collection Sésame, 1998
«Pour l'amour de Virginie…», nouvelle, dans *Petites malices et grosses bêtises,* collection Conquêtes, 2001

Éditions Vents d'Ouest
«Étienne Desloges aux premières loges!», nouvelle, dans *Les nouvelles du sport,* collection Girouette, 2003
«Les planètes, mes complices», nouvelle, dans *Les baguettes en l'air,* collection Girouette, 2005
«Chalet de glace», nouvelle, dans *Bye-bye, les parents!,* collection Ados, 2006
«Miroir, miroir», nouvelle, dans *Histoires de fous,* collection Girouette, 2007
«Sang-froid sur le métier…», nouvelle, dans *Nuits d'épouvante,* collection Ados, 2008
«L'Affaire du chat Valère», nouvelle, dans *L'Affaire est ketchup,* collection Girouette, 2009

COMUNIK Média
Coups de théâtre! – 36 courtes pièces de théâtre pour enfants et adolescents, volumes 1 à 6, théâtre, 2003-2009
Enter Stage Right! – A collection of 36 short plays for kids and teens, volume 1, théâtre en anglais, 2005

Pour Danielle, mon amoure,
qui habite dans mon cœur
et qui circule dans mes veines,
dans mon sang.

PROLOGUE

— Ils arrivent dans trois jours! Il y a beaucoup à faire!

Oleana Popescu avait lancé ces mots comme s'il s'agissait du plus bel aria de la Callas. Son ton n'avait rien de l'ordre donné cavalièrement aux subalternes. Non. La plantureuse domestique n'était pas du genre à mener les autres employés du château par le bout du nez. Après tout, le comte les avait tous terrorisés pendant des décennies et elle souhaitait faire oublier son règne despotique. Elle voulait aussi s'assurer que tout était parfait pour l'arrivée des nouveaux propriétaires, même si elle savait bien que les employés de la maison avaient aussi hâte qu'elle et souhaitaient faire bonne impression.

Quand maître Harker lui avait annoncé qu'il entreprenait les démarches pour faire amener au château les héritiers du comte, après des mois de chichis juridiques compliqués et tordus, madame Popescu s'était empressée d'embaucher des peintres et des ouvriers pour égayer et réparer cette sinistre maison qui avait été synonyme de désolation, d'horreur, de terreur et de mort depuis la nuit des temps. Elle avait eu beaucoup de difficulté à trouver des journaliers qui accepteraient de franchir la porte du château du célèbre comte Dracula, mais la promesse d'une petite fortune avait finalement réussi à convaincre quelques travailleurs plus téméraires et vaillants. Heureusement que maître Harker avait approuvé un budget quasi illimité pour toutes ces dépenses!

— C'est le début d'une ère nouvelle! chanta la gouvernante en débarrassant le colossal hall d'entrée du château de fils d'araignées tenaces.

Comme le poil de chien après le décès de la bête aimée, les méticuleux tissages des aranéides s'acharnaient à occuper les lieux même plusieurs semaines après le départ de leurs architectes.

Madame Popescu rêvait de ce moment depuis des années. Elle savait que le maître avait eu des enfants qui n'étaient pas des vampires et elle souhaitait qu'un jour ceux-ci viennent vivre dans le château et le transforment en une demeure chaleureuse et accueillante. Son vœu allait enfin se réaliser!

— Quelle odeur délicieuse, chef Morneau! lança la domestique rondouillarde en entrant dans l'immense cuisine attenante à la salle à manger et à la salle de bal. Hum! Vos feuilletés au saumon fumé jouiraient d'une réputation internationale si vous travailliez dans un restaurant new-yorkais ou parisien. Vous êtes un véritable artiste!

Aussi large que haut, le timide maître cuisinier rougit de pied en cap en entendant les compliments de la charmante gouvernante qu'il aimait secrètement depuis des lunes. Madame Popescu n'était pas sans savoir que l'affection que lui vouait le chef était la principale raison pour laquelle Morneau n'avait pas cherché à quitter les Carpates pour aller se tailler une place parmi les grands de la gastronomie mondiale.

Non seulement madame Popescu profitait-elle personnellement des talents culinaires extraordinaires de Morneau, mais elle savait que les plats gastronomiques du grand chef allaient largement contribuer à séduire les héritiers du comte et les convaincre de demeurer au château. Avec un cordon-bleu de sa trempe à leur emploi, ils se régaleraient quotidiennement et ne voudraient plus quitter la maison, espérait-elle.

Morneau était heureux comme un poisson dans l'eau depuis quelques semaines parce qu'il avait recommencé à cuisiner comme jadis, à l'époque où le maître entretenait de bonnes relations avec les grands de ce monde et organisait des réceptions grandioses qui auraient fait l'envie des ambassades des pays les plus riches de la planète.

Avec l'arrivée imminente des héritiers du comte, madame Popescu lui avait donné carte blanche et demandé de cuisiner sans compter. Il fallait impressionner les nouveaux propriétaires, et le maître queux n'en était que plus heureux de mettre à profit ses talents.

— Monsieur Lansing! s'exclama la gouvernante en entrant dans la salle de bal, le souffle coupé. Quel goût! Quel talent! Vous êtes formidable!

En moins d'une semaine, les employés d'entretien – le squelettique majordome poivre et sel du comte en tête – avaient réussi à redonner à l'impressionnante pièce aux plafonds cathédrale ses airs de noblesse. Les rampes de l'escalier principal avaient été repeintes, les marches de chêne vernies, les planchers de marbre lavés, les moulures d'or, les chandeliers de cuivre et les luminaires astiqués, les vitraux minutieusement nettoyés et frottés, les tentures, les nappes et les tapisseries soigneusement lessivées, blanchies, repassées ou remplacées. La salle de bal était somptueuse.

Madame Popescu ne put s'empêcher de s'élancer sur le plancher de danse pour valser quelques pas avec un partenaire imaginaire en fredonnant un air de Strauss et en faisant virevolter ses jupes et jupons comme s'il se fût agi de la robe de Cendrillon. Presque impassible, Henry Lansing la suivit de ses yeux creux et vides avant de laisser subtilement transparaître son bonheur avec un sourire à peine esquissé.

Après avoir tourbillonné pendant un moment, la gouvernante rose de plaisir, mais un peu essoufflée et passablement en nage, quitta la salle de bal pour se rendre dans la salle à manger. Encore une fois, monsieur Lansing et son équipe ne déçurent pas. Tout y était impeccable. De l'immense table pouvant accueillir confortablement vingt personnes jusqu'à la plus petite cuillère à sucre, tout avait été minutieusement épousseté, réparé, rétabli, rehaussé, lavé, frotté, astiqué, rangé. La salle à manger était prête à recevoir le fils et les filles du comte… ainsi que leurs familles adoptives et tous les amis qu'ils souhaiteraient inviter !

L'enthousiasme de madame Popescu ne cessait d'augmenter au fur et à mesure qu'elle faisait le tour des nombreuses pièces du château, ajustant ici et là de petites choses pour s'assurer que tout était parfait. Oui, il y avait encore beaucoup à faire, mais même si les enfants du comte étaient arrivés le jour même, elle n'aurait pas eu honte de les recevoir.

On disait d'eux qu'ils étaient des adolescents chaleureux, des êtres bons, gentils, généreux. Madame Popescu, comme une mère qui attend ses enfants prodigues, anticipait avec bonheur le moment où ils franchiraient le seuil de ces immenses portes de bois à deux battants et insuffleraient une belle vivacité, une nouvelle vie en ces vieux murs autrefois si ternes et si tristes.

CHAPITRE 1

New York, 13 octobre

— Milos! Tu ne réponds pas?

Cassandra avait posé la question presque en hoquetant entre deux gémissements de plaisir. La scène empestait l'absurde et Milos ne sut trop comment prendre la chose. Étendu sur la superbe rousse qu'il avait rencontrée au dernier semestre dans une salle de montage du New York Film Academy et qu'il rêvait de ramener chez lui depuis le premier jour, le jeune homme remettait sérieusement en question ses talents d'amant. Comment cette déesse pouvait-elle être déconcentrée par une lointaine sonnerie téléphonique alors qu'elle l'enlaçait si passionnément?

Le téléphone sonna une dernière fois au loin. Alors Milos, tentant de faire oublier l'interruption à Cassandra tout en maintenant la cadence de leurs ébats, embrassa langoureusement la jeune femme dans le cou avant de murmurer:

— Tu vois? Ça ne sonne plus.

Rassurée, Cassandra serra Milos plus fort contre elle et tous deux se perdirent à nouveau dans la chaleur de leur échange. Au moment où les amoureux sentirent qu'ils allaient monter ensemble au septième ciel, Matthew, le colocataire et ami de Milos, fit irruption dans la chambre après avoir cogné deux coups rapides à la porte.

— Milos!

Cassandra poussa un cri de surprise aigu avant de mordre l'épaule de Milos dans un réflexe nerveux. Milos sentit un mélange de douleur et d'extase. Pendant qu'il s'effondrait sur Cassandra, il s'écria:

— Matthew!

Feignant la pudeur, l'ami de Milos se couvrit les yeux et détourna la tête avant de s'exclamer:

— *Oh my God!* Du sexe hétéro! Ouache!

Cassandra éclata de rire et remonta rapidement les draps au-dessus de sa tête et de celle de son compagnon.

— Sors d'ici, pervers! cria Milos en haletant.

— *Listen,* ce n'est pas de ma faute, *darling*! Tu es demandé au téléphone. C'est urgent. C'est Barry. Tu le prends?

Il lança le téléphone sans fil sur le lit. L'appareil heurta la cheville de Milos sous les draps.

— Oups! *Sorry!* chantonna Matthew avant de pivoter sur lui-même pour ressortir de la chambre.

Milos gémit de douleur. Puis il roula sur une hanche et rugit férocement vers la porte qui se refermait derrière

Matthew. Il embrassa ensuite Cassandra en s'excusant autant pour Matthew que pour l'appel téléphonique soi-disant urgent et prit l'appareil. Son patron, Barry, le directeur du Chelsea Cinemas où Milos travaillait à temps partiel comme ouvreur, n'avait pas l'habitude de lui téléphoner. Quand il le faisait, c'était habituellement pour annuler un quart de travail ou…

— *Hello?* répondit-il timidement après avoir désactivé la touche *Hold*.

Pendant que Milos s'assoyait sur le bord du lit pour recevoir les douces caresses des ongles de Cassandra, Barry rassura le jeune étudiant en cinéma. Il ne lui téléphonait pas pour lui enlever du travail ou pour le congédier, mais plutôt pour lui demander de remplacer Devon, l'acteur qui jouait habituellement Rocky *live* devant l'écran du *Rocky Horror Picture Show* projeté au Chelsea à minuit, ce soir, comme d'habitude.

— *What?* Tu me veux, moi, pour remplacer Devon? répéta Milos, incrédule.

— Tu ne penses pas que tu pourrais le faire? demanda le patron en connaissant déjà la réponse de Milos.

Milos bafouilla tant bien que mal qu'il serait honoré de le faire, qu'il serait là sans problème, qu'il appréciait que Barry lui donne cette chance qu'il attendait depuis toujours, qu'il… La tirade de Milos fut interrompue par le rire de Barry qui se contenta de dire:

— Je t'attends à dix heures pile, *okay?*

— Je serai là, Barry, lança Milos en se levant d'un coup sec comme si le commandant de son bataillon était entré et qu'il avait voulu le saluer. Tu peux compter sur moi.

Le jeune homme s'aperçut dans le miroir au-dessus de sa commode et se salua dignement dans toute sa nudité, se retenant ensuite pour ne pas éclater de rire au téléphone. Il remercia Barry et raccrocha… avant de retirer le préservatif qui n'avait toujours pas lâché prise !

En se regardant dans le miroir, il se dit en toute modestie qu'il ferait un bon Rocky et que Barry avait fait un bon choix. Après tout, Milos était grand, il avait les cheveux blond cendré d'un surfeur californien, très peu de poils gênants – et ceux qu'il avait étaient aussi discrets que les plus pâles de ses cheveux. De plus, ses petits muscles étaient assez bombés et découpés pour un gars qui avait tendance à être trop maigre… Et – ce n'est pas lui qui le disait, fort heureusement – il possédait un charisme, un charme, un magnétisme et une énergie qui le rendaient souvent irrésistible. Du haut de ses dix-sept ans, il avait encore la vigueur et l'insouciance de l'adolescence, mais pouvait facilement passer pour la jeune vingtaine lorsque ça lui servait.

— Qu'est-ce que tu fais ? demanda Cassandra, amusée à son tour.

Milos n'eut pour seule réponse qu'un retentissant *Yahooooo !* qui fit sursauter Matthew jusque dans la cuisine.

— MATTHEW ! REVIENS ICI TOUT DE SUITE !

Toujours aussi nue que son partenaire, Cassandra protesta, mais se contenta d'agripper l'édredon pour s'en draper rapidement pendant que Milos enfilait son *boxer* moulant Diesel.

Deux secondes plus tard, Matthew faisait à nouveau irruption dans la chambre de son colocataire.

— *You rang?* dit-il en imitant la voix du majordome de *The Addams Family*.

Secrètement amoureux de Milos depuis des mois, Matthew, qui n'avait rien de subtil, baissa les yeux sur le sous-vêtement de son colocataire et plaisanta :

— M'as-tu appelé pour que je te complimente encore sur ton *boxer* ? Je vais finir par penser que tu ne peux plus te passer de mes conseils vestimentaires, *darling*.

Bien que Milos n'ait jamais été particulièrement attiré par les garçons – en tout cas pas autant que par les filles et les *femmes* ! –, il n'avait jamais non plus été agacé par les homosexuels, même les plus efféminés, ceux qui adoptaient des comportements plus féminins que les plus féminines des femmes. Il les trouvait même fascinants.

Il s'était rapidement lié d'amitié avec Matthew au New York Film Academy, où ils étaient entrés en même temps un an et quelques semaines plus tôt. En moins de temps que cela n'en avait pris pour formuler l'invitation, Matthew était venu s'installer dans le logement de Milos au cœur d'un sixplex de l'Upper East Side de Manhattan, question de partager les frais et de ne pas sombrer dans la solitude en rentrant à la maison. Ainsi, ils étaient devenus le *Odd Couple* nouveau genre.

— Mais non, grande folle, lança affectueusement Milos. Je t'ai appelé pour t'annoncer la bonne nouvelle. Je fais Rocky dans le *Picture Show* de ce soir !

Matthew, tout excité pour son ami, se mit à danser comme s'il avait été juché sur une caisse de son dans une boîte de nuit branchée.

Cassandra, toujours nue sous l'édredon, se sentait de trop malgré le bonheur qu'elle partageait avec Milos et Matthew.

— Matt ? Ça te dérangerait de revenir quand je serai habillée ?… souffla-t-elle gentiment.

— Ah, mais ne te gêne pas pour moi, *sweetheart* ! Je ne suis pas tellement du genre à déshabiller les filles des yeux, comme tu le sais. Oups ! C'est vrai que là, je n'aurais pas beaucoup de travail à faire !

Quand Matthew éclata de rire, il reçut un oreiller en plein visage. Pendant qu'il gémissait et feignait une douleur atroce, Cassandra se releva du lit, drapée dans l'édredon, et entreprit de récupérer ses dessous.

— *Oh my God !* J'y pense ! s'exclama Matthew en agrippant Milos par le bras. Ça veut dire que tu vas jouer avec mon *gorgeous* Kevin ?… Chanceux !

Pour Matthew, Kevin Thompson, l'interprète régulier de Riff Raff dans la version *live* du *Rocky Horror Picture Show* new-yorkais, était l'homme de tous les fantasmes. Depuis qu'il l'avait vu sur la scène devant l'écran du Chelsea, il ne cessait d'en parler à Milos. Kevin par-ci, Kevin par-là ! Il était pire qu'un enfant souhaitant que le père Noël lui apporte le jouet dernier cri.

Pendant que Matthew fantasmait sur Kevin et que Milos cherchait ses vêtements à travers les draps, les oreillers et les coussins étalés partout dans la chambre, Cassandra finit de s'habiller et enlaça Milos par-derrière.

— Je vais te laisser te préparer, *baby*, souffla-t-elle à l'oreille de son amant. Je vais rentrer chez moi pour me laver et me changer. J'aimerais bien aller te voir faire tes débuts au Chelsea ce soir. On pourrait rentrer ensemble après?... Qu'en dis-tu?

— J'y vais aussi! lança Matthew en sautillant sur place et en frappant des mains comme un enfant. J'ai tellement hâte de te voir sur scène, *darling*.

Milos jeta un regard incrédule à Matthew avant de dire :

— *Shut up!* Je sais très bien que c'est seulement une excuse pour venir te rincer l'œil avec Kevin.

Matthew eut un petit sourire coquin avant de dire :

— Avec toi aussi, *darling*. Ne sois pas jaloux comme ça... C'est très laid, la jalousie. Il y a assez de moi pour tout le monde!

Cassandra et Milos rirent un peu et s'embrassèrent.

— Je vous laisse à vos chicanes de couple, plaisanta la jeune femme en ramassant la veste de laine qu'elle portait toujours pendant les plus beaux jours d'automne. On se revoit tantôt?

Elle plaqua ses lèvres sur celles de Milos une dernière fois. À ce moment précis, Milos se rappela qu'il avait donné rendez-vous à Océane Limoges, une belle blonde française qu'il avait rencontrée dans un bar la veille et qui avait refusé de rentrer avec lui parce qu'elle ne couchait jamais avec un gars après la première rencontre. Milos lui avait donc proposé une sortie au cinéma pour le lendemain soir étant donné qu'il ne devait pas travailler… Ah, les imprévus !

— Euh… Cassandra ! J'y pense ! Je ne peux pas ce soir.

La belle rousse se tourna vers Milos, étonnée. Il fallait que ce dernier trouve rapidement une bonne excuse.

— Je n'avais pas prévu travailler ce soir, bafouilla-t-il, alors… il faudrait que… Matthew et moi, en revenant du Chelsea, nous… travaillions sur notre court-métrage.

Matthew jeta un regard perplexe à Milos. Il était vrai qu'ils planchaient sur le scénario d'un court-métrage, projet de fin de session à l'Academy, mais ils avaient bien assez de temps d'ici à la remise du *final draft*. Et Matthew n'avait surtout pas l'intention de passer une soirée ou une nuit de vendredi 13 à travailler sur un projet scolaire.

— Vous devez le remettre lundi ? demanda Cassandra, les sourcils froncés.

Milos s'aventurait sur un terrain glissant en tentant d'inventer un mensonge qui concernait l'Academy puisque Cassandra y étudiait aussi et qu'elle était beaucoup plus près de sa graduation que Milos et Matthew. Milos savait déjà qu'il n'était vraiment pas facile de berner une femme intelligente plus vieille que lui !

— Non, bafouilla-t-il encore, mais plus tard la semaine prochaine et… on n'est pas très avancés.

Matthew comprit que Milos avait une idée derrière la tête. Il se rappela que son ami l'avait aidé à se sortir du pétrin lorsque ses parents étaient arrivés à l'improviste pour une visite surprise, quelques semaines plus tôt, alors que Matthew était au lit avec un dénommé Zac. Ce dernier avait dû rapidement se cacher sous le lit de son amant. Si Milos n'avait pas été là pour intercepter madame Lombard, cette dernière aurait fait irruption dans la chambre de son «bébé» et aurait trouvé deux têtes masculines plutôt qu'une qui ressortaient de sous les draps. Malheureusement pour le pauvre Zac, terriblement allergique aux acariens et à la poussière, Matthew ne passait pas souvent l'aspirateur sous son lit. Malgré ça, le bel étudiant en journalisme avait néanmoins réussi à ne pas éternuer pendant que la mère de Matthew était dans l'appartement!

— C'est vrai, Cass! lança-t-il pour venir en aide à Milos. Nous devions y passer la soirée et une partie de la nuit, alors là… disons que ça nous coupe dans notre temps.

Visiblement soulagé par l'intervention de Matthew, Milos renchérit:

— On serait sans doute mieux de remettre ça pour le *Picture Show* aussi, tu sais. Si tu es dans la salle, je ne serai pas capable de rentrer sagement seul à la maison après la représentation. J'aurai trop le goût de passer la nuit avec toi.

Cassandra sourit, s'approcha de Milos pour l'embrasser encore et ne put s'empêcher de commenter le fait que son jeune amant commençait à devenir sérieux et responsable.

— J'admire ta discipline, *baby*, dit-elle. Je t'appelle demain.

Et, sans plus de cérémonie, Cassandra partit. Ouf! Milos savait qu'il l'avait échappé belle.

— C'était quoi, ça? demanda Matthew, les poings sur les hanches comme une maman qui n'est pas fière de son enfant.

— J'ai une autre *date* ce soir, répondit Milos, faussement penaud.

Matthew leva les yeux au plafond, découragé.

— Et qu'est-ce que tu vas faire maintenant que Barry t'a demandé de faire ton *big debut* au *Picture Show*?

Milos avait déjà tout réglé dans sa tête.

— Je devais inviter Océane au cinéma, alors… je l'emmènerai plutôt au *Picture Show*! lança-t-il, fièrement.

— Océane? souffla Matthew en fronçant les sourcils avec un air dégoûté. C'est quoi ce prénom-là? *My God!* A-t-on idée d'affubler son enfant d'un prénom pareil? Cette fille doit être vraiment… mouillée!

Ce fut au tour de Milos de lever les yeux au plafond.

— Ce que tu es stupide, parfois… et borné! C'est français, Océane. Et si tu la voyais… Une de ces beautés, mon ami! Dès que je l'ai vue au Lounge hier soir… Mmmmm… du *eye candy* comme tu dis souvent!

— Bon, bon… renchérit Matthew, désintéressé, mais qu'est-ce que tu vas faire avec elle après le *Picture Show*?

— Tu as besoin que je te fasse un dessin? répondit Milos avec un sourire diabolique.

— NON! *Please!* J'en ai assez vu pour aujourd'hui.

Milos ricana.

— Non seulement va-t-elle comprendre que j'ai un imprévu de dernière minute, mais elle sera tout impressionnée de me voir devant le grand écran, non? Et comme toi tu dois travailler sur le montage du film de David et aller dormir chez lui après, tout est parfait! Je préparerai un petit lunch d'après *show* ici et la belle Océane pourra venir dormir avec la vedette du *Picture Show*.

Matthew leva un doigt et l'agita sévèrement.

— Oh, non, non, non, *darling*, protesta-t-il. Je reviens avec toi ce soir. C'est annulé avec David. Il n'a pas pu avoir la salle de montage finalement. C'est remis à la semaine prochaine. C'est pour ça que je t'ai dit que j'irais te voir dans le *Picture Show*…

Contrarié, Milos se laissa tomber sur son lit.

— NON! Tu ne peux PAS revenir ici ce soir! J'ai dit à Océane que j'habitais seul.

— QUOI?

Milos soupira. Il avait senti le reproche dans l'exclamation de Matthew.

— Mais oui! Elle a eu des histoires d'horreur avec des colocs et, maintenant, elle est allergique à la cohabitation, alors… je lui ai dit que moi j'étais chanceux, j'habitais seul…

— Tu n'aurais pas pu lui dire la vérité, espèce de menteur compulsif? jeta Matthew. Que tu étais chanceux d'avoir le meilleur coloc du monde?

— Regardez donc qui parle! C'est «monsieur-moi-je-dis-toujours-la-vérité» en personne! lança ironiquement Milos. Je ne sais pas qui est le champion menteur entre nous deux, hein?

Matthew détourna le regard avant de répondre:

— Disons que… nous sommes assez… égaux dans ce domaine-là, j'en conviens.

— Oui, mais ça ne règle pas mon problème pour ce soir, soupira Milos. Matt! Il faut que tu me laisses le champ libre. S'il te plaît!

Matthew eut alors ce qu'il considéra comme l'idée du siècle.

— Si tu acceptes de me présenter Kevin, je te laisse l'appartement pour la nuit. Après tout, peut-être qu'il voudra m'emmener chez lui…

— QUOI?

CHAPITRE 2

Killester, 13 octobre

Étendue sur son lit sous la fenêtre de sa chambre dans la maison familiale de Furry Park Road à Killester, en banlieue de Dublin, la capitale de l'Irlande, Elizabeth Gurney trouvait le temps long. Elle écoutait sur son iPod *'Til Death Do Us Unite,* l'album de Sodom, un de ses groupes favoris de *thrash metal,* en attendant que s'active son cellulaire. Tout de suite après le repas du soir, qu'elle avait engouffré en quelques bouchées pour esquiver les réprimandes et les questions de sa mère, Elizabeth s'était réfugiée rapidement dans sa chambre pour éviter que son téléphone ne se manifeste devant ses parents et qu'elle ait à leur mentir encore une fois.

— Que c'est long, s'entendit-elle dire à voix haute en se glissant vers le bord du lit pour lire l'heure sur son réveille-matin.

Comme si le cellulaire posé près d'elle avait senti son impatience, il vibra sous son omoplate. Elizabeth ne put s'empêcher de lever les yeux au plafond et de sourire. Elle retira le minuscule haut-parleur qui chatouillait son oreille droite et répondit rapidement :

— Rick ?

— Non, c'est juste moi, répliqua Samantha Rollins, sa meilleure amie.

Contrariée mais néanmoins heureuse d'entendre la voix de Sam et non celle de cette damnée Marcy Jennings qui avait récemment décidé qu'elle voulait qu'Elizabeth devienne sa nouvelle *Best Friend Forever*, l'adolescente retint le soupir d'impatience qui voulait s'échapper de sa gorge. Ce n'était quand même pas la faute de Samantha si Rick la faisait attendre. Même que, sans Sam, elle n'aurait pas eu l'alibi parfait pour son projet nocturne clandestin avec son nouvel amoureux potentiel.

— Excuse-moi. J'aurais dû regarder mon afficheur. Tu viens toujours me chercher pour m'amener à la gare ?

Samantha parut contrariée et agacée.

— Oui, oui, mais… c'est… mes parents.

Elizabeth se raidit dans son lit.

— Qu'est-ce qu'ils ont, tes parents ?

— Ils devraient être rentrés depuis un moment déjà et ils ne sont toujours pas là. S'ils n'arrivent pas dans les prochaines minutes, tu vas manquer ton train.

Le cœur d'Elizabeth se mit à battre la chamade. Il n'était pas question qu'elle manque ce train. Toute cette soirée, toute sa relation avec Rick – pour ne pas dire tout son avenir, croyait-elle ! – reposaient sur ce train de banlieue qui les conduirait, elle et son ami, au centreville de Dublin. Elizabeth se l'avouait difficilement, mais jamais un jeune homme ne lui avait fait un tel effet. Indirectement, c'était pour Rick qu'elle avait quitté le beau, le propre, le «gentil, poli, bien élevé» Tim Roberts. Indirectement parce qu'elle n'avait pas encore rencontré Rick au moment de la rupture. Mais c'était définitivement pour laisser le champ libre à une rencontre avec un gars comme Rick qu'elle avait rompu avec Tim. Il ne fallait surtout pas qu'elle rate sa chance.

Elizabeth avait réussi à convaincre ses parents d'accepter qu'elle aille dormir chez Samantha, son inséparable amie depuis sa plus tendre enfance, pour que toutes deux se fassent une petite soirée cinéma. Les filles seraient supervisées par les parents de l'hôtesse, un couple de bons catholiques fiables et pratiquants qui fréquentaient la même église que les Gurney depuis toujours. Samantha, qui venait tout juste d'obtenir son permis de conduire, viendrait chercher Elizabeth à la maison. Du moins, c'est ce que devaient croire Patrick, le père d'Elizabeth, un comptable agréé respecté de tous dans la communauté, et Molly, sa mère, une gynécologue bien connue pour son implication sociale et religieuse. En réalité, Samantha viendrait chercher Elizabeth et la déposerait à la gare de Killester où cette dernière rejoindrait Rick. Ensemble, ils se rendraient à Dublin pour assister à un spectacle hommage à The Clash, un groupe londonien punk rock mythique immensément populaire à la fin des années 1970 et au début des années 1980.

— Ils ne peuvent pas nous faire ça! lança Elizabeth sans réfléchir.

Samantha échappa un petit rire au bout du fil.

— Pardonne-leur, Seigneur, car ils ne savent pas ce qu'ils font, plaisanta-t-elle.

Le soupir d'impatience d'Elizabeth sortit plutôt comme un soupir d'exaspération.

— Ils ne sont pas au courant pour ton projet, Lizzie, souligna Sam. Ils ne savent même pas que je dois aller te chercher. D'ailleurs, c'est le morceau manquant dans ton puzzle. Qu'est-ce que je vais leur dire pour justifier que je leur ai emprunté la voiture pour aller te chercher mais que je reviens seule ?

Elizabeth n'avait pas pensé à cet aspect. Son cellulaire échappa alors un petit avertissement sonore.

— Tu penseras à quelque chose, *okay* ? lança-t-elle rapidement. Je crois que c'est Rick qui m'appelle. À tantôt, Sam. Ne m'oublie pas, hein ? Bye !

Rapidement, Elizabeth raccrocha et prit son autre ligne.

— Rick ?

— *Hey*, ça va ? Prête pour notre grande aventure ? demanda le jeune homme avec sa voix à la fois chaude et rocailleuse qui faisait fléchir les genoux d'Elizabeth.

Rick Langston avait dix-sept ans, soit deux ans de plus qu'Elizabeth. Il possédait l'équilibre parfait de rébellion, de mystère et de sensibilité pour qu'Elizabeth craque. Intelligent, curieux, passionné de musique, d'arts visuels et de politique – c'était dans son sang ; son grand-père maternel avait été ministre dans le gouvernement de Margaret Thatcher avant que ses parents décident d'immigrer en Irlande pour se rapprocher de ses grands-parents paternels –, Rick habitait Killester depuis seulement quelques mois. Il avait eu le coup de foudre pour Elizabeth en passant devant la cour de St. Mary's Secondary School, «l'école de filles» que fréquentait la jeune rebelle. Elizabeth avait fait irruption par la porte arrière en proférant des menaces à la directrice qui, heureusement, ne l'avait pas entendue. Courant derrière elle, Samantha avait tenté de calmer son amie, mais Elizabeth avait plutôt décidé de jouer le tout pour le tout, hurlant encore plus fort en retirant ses souliers vernis, ses chaussettes vert forêt et la culotte qu'elle portait sous sa jupe réglementaire avant de lancer ses choses à bout de bras et de transformer le bas de son uniforme en minijupe.

— Regardez ce que j'en fais de vos règlements insignifiants, avait-elle vociféré à pleins poumons vers la porte de l'école sous le regard amusé et impressionné de Rick.

— Tais-toi! avait chuchoté Samantha en tentant de museler son amie avec sa main. Tu vas te faire jeter en dehors de l'école!

Elizabeth avait mordu la main de Samantha, puis elle avait hurlé:

— Si la direction veut une copie de mes revendications, je peux les mettre sur Internet et faire une vidéo pour YouTube!

Rick avait ri à distance pendant que Samantha ramassait les chaussures et les dessous de son amie, mais Elizabeth, tellement emportée par sa colère, ne l'avait pas vu.

Les parents d'Elizabeth avaient été convoqués au bureau de la directrice et avaient dû promettre qu'ils «contrôleraient les allées et venues et les fréquentations de leur fille», sans quoi elle serait expulsée de St. Mary's. Samantha ne voulut même pas penser à ce qui aurait pu arriver si les portes de l'école n'avaient pas été si bien insonorisées.

Néanmoins, le lendemain, Elizabeth avait teint ses cheveux en noir, s'était procuré de faux *piercings* qu'elle pourrait poser et retirer à sa guise sans subir les foudres des autorités de l'école et avait acheté un fard qui lui donnerait un teint cadavérique mais légal pour circuler dans les couloirs de l'institution !

— Je te jure, toi, des fois ! s'était exclamée Samantha en la voyant pour la première fois avec son nouveau *look*. Je suis sûre qu'il y a une photo de toi dans le dictionnaire à côté du mot «provocation».

Chaque fois que Rick lui parlait au téléphone, Elizabeth sentait des frissons de bonheur lui parcourir l'échine. Le ton du jeune homme était empreint d'un désir qui n'aurait laissé personne indifférent.

— C'est sûr que je suis prête, qu'est-ce que tu penses ? rétorqua-t-elle. J'attends que Sam vienne me chercher. J'écoute de la musique et j'ai hâte de voir le *show*.

Une question brûlait les lèvres d'Elizabeth, mais son orgueil l'empêchait de la poser. Elle aurait tant voulu savoir si la sortie secrète de ce soir était une affaire d'un soir ou s'il s'agissait d'une fugue déguisée. Rick parlait tellement souvent de son désir de partir, de fuir Killester pour retourner en Angleterre ou se pousser aux États-Unis qu'Elizabeth espérait secrètement qu'ils partiraient pour de bon, ce soir.

— Si nous manquons le train, tout le plan tombe à l'eau, dit Rick.

Encore une fois, la phrase était ambiguë. Quel était ce plan ? Prendraient-ils le train pour aller assister au spectacle avant de revenir tout simplement par le dernier train, ni vu ni connu ? Prendraient-ils le train pour se rendre au spectacle avant de se réfugier dans une chambre d'hôtel de la capitale irlandaise pour ensuite quitter Dublin vers Londres ou New York le lendemain matin ?

— C'est quoi, le plan ? demanda Elizabeth, curieuse et excitée.

Rick eut un petit rire.

— Fais-moi confiance et… laisse-moi te surprendre.

Elizabeth n'avait jamais été très portée sur les contes de fées ou les histoires de princesses, leur préférant de loin les films d'horreur, les histoires de vampires et les épopées gothiques, mais elle ne pouvait s'empêcher de penser que Rick était très romantique en faisant autant de mystère. Elle eut un petit moment d'étourdissement qui lui donna l'impression que Rick était son Prince charmant des temps modernes et qu'elle accepterait volontiers de devenir sa Belle au bois dormant nouveau genre.

— J'ai tellement hâte d'être dans tes bras, laissa-t-elle échapper avant de lever les yeux vers la glace dans le coin de sa chambre.

Croisant son propre regard, elle eut un moment de panique. Avait-elle trop parlé? Allait-elle faire fuir Rick avec de tels propos? Trouverait-il qu'elle s'accrochait trop vite, qu'elle cherchait trop rapidement une relation sérieuse à long terme?

Rick soupira de satisfaction et souffla:

— Moi aussi, j'ai hâte que nous soyons seuls. Il y a tellement de choses que j'ai envie de faire avec toi.

Elizabeth rougit. Elle se doutait bien que Rick ne parlait pas de visiter des musées ou de magasiner des disques, mais elle se surprit à être touchée par sa déclaration pas très subtile. Étrange parce que si un autre garçon lui avait tenu de tels propos, elle aurait sans doute été insultée et rebutée.

— Comme quoi? roucoula-t-elle en se caressant la nuque comme elle avait l'habitude de le faire lorsqu'elle était envahie par une fébrilité agréable.

— Tu le verras bien quand tu viendras me rejoindre, répondit Rick, volontairement énigmatique.

Un frisson de désir parcourut Elizabeth.

— Ah, que c'est long, cette attente! lança-t-elle en commençant à faire les cent pas dans sa chambre.

Rick rigola.

— Patience, mon amour. Nous serons ensemble bientôt.

— Mon amour? répéta Elizabeth, intriguée. Est-ce que tu appelles toutes les filles comme ça?

Encore amusé, Rick poursuivit:

— Excuse-moi. Ça m'a échappé.

Elizabeth accepta de jouer le même jeu que son interlocuteur. Rick ne s'en tirerait certainement pas aussi facilement.

— Volontairement ou involontairement?

— Qu'est-ce que tu veux dire? demanda Rick pour se donner le temps de réfléchir.

Elizabeth attaqua à nouveau.

— Tu m'as appelée «mon amour». C'est un petit mot comme ça ou… tu me considères vraiment comme ton amour?

Elizabeth trouvait que Rick était vite en affaires. Ils ne se connaissaient que depuis quelques semaines. Un après-midi, après l'école, sachant que ses parents rentreraient tard du travail, Elizabeth avait convaincu Samantha de l'accompagner chez Graham O'Sullivan, un restaurant familial du Castle Shopping Centre à Artane, non loin de Killester. C'était un endroit qu'elles connaissaient bien, un restaurant propre, moderne et spacieux où la nourriture était bonne et abordable. Elles y étaient toutes deux déjà allées avec leur famille respective, mais préféraient de loin y aller entre filles ou entre amis. Ce jour-là, cependant, un nouveau serveur y travaillait. Il était rapidement tombé dans l'œil d'Elizabeth. Sous le petit uniforme de serveur propret, la jeune femme avait détecté un brin de délinquance et de rébellion. Pour sa part, Rick, qui avait été forcé par son père, le gérant de l'établissement, à commencer à travailler parce qu'il avait été expulsé de son collège, n'en revenait pas de voir apparaître l'adolescente qu'il avait aperçue quelques semaines auparavant en train de crier des horreurs à la direction de l'école St. Mary's!

Quand Rick s'était précipité à leur table pour leur demander ce qu'elles voulaient manger, Elizabeth et Samantha avaient ricané comme des écolières du primaire. À la fin de leur repas, le jeune homme – qui avait négocié avec un confrère de travail pour servir la table des deux filles – avait décidé de jouer le tout pour le tout. Il s'était penché vers Elizabeth pour lui demander, sourire en coin, sachant déjà la réponse :

— C'est un uniforme de St. Mary's?

Étonnée et un peu honteuse, Elizabeth s'était tournée vers Rick pour répondre :

— Oui. C'est laid, non?

— Je trouve ça plutôt *sexy*, avait répondu Rick. Est-ce que tu as gardé tes culottes aujourd'hui ou si tu les as encore lancées par la tête de ta directrice?

Les yeux de Samantha étaient devenus aussi grands que la soucoupe sous sa tasse et elle avait craché sa dernière gorgée de chocolat en un puissant jet qui était

passé par-dessus la table et avait atterri dans le décol-
leté trop plongeant de la blouse d'Elizabeth !

Rick avait rapidement commencé à éponger le bas du
cou d'Elizabeth avec le long torchon blanc qui l'accom-
pagnait partout lorsqu'il travaillait.

Mal à l'aise et touchée à la fois, Elizabeth avait
regardé le jeune serveur dans les yeux jusqu'à ce que
celui-ci réalise que ce qu'il faisait était un peu… vite en
affaires pour une première rencontre !

— Je peux te l'emprunter ? avait demandé Elizabeth
en regardant le tissu.

— Euh… oui. Excuse-moi.

Rick avait rougi et Samantha s'était confondue en
excuses entre deux rires incontrôlables. Quand Elizabeth lui avait remis son linge, Rick avait quand même
réussi à marmonner :

— Le restaurant ferme à dix-sept heures trente. Si tu
veux, je pourrais te raccompagner chez toi.

Samantha s'était sentie de trop, mais avait quand
même éprouvé du bonheur pour son amie.

Ce soir-là, après la fermeture du resto, le coup de
foudre s'était confirmé. Elizabeth et Rick avaient
commencé à se voir régulièrement, mais sans jamais
sortir les grands mots comme amour, relation, couple
ou… S-E-X-E.

Mais en ce début de soirée, pendant qu'elle attendait
la réponse du jeune homme à sa question, Elizabeth

était surprise de voir à quel point elle était à l'aise et prête à se faire appeler «mon amour» par Rick.

— Je vais te répondre dans le train, affirma finalement Rick.

Elizabeth sourit. Elle sentait qu'elle aimerait la réponse. Frondeuse, l'adolescente ajouta:

— Ton amour te dit bye et à tantôt.

Elle raccrocha sans plus de cérémonie et se tourna vers sa glace pour prendre connaissance du sourire qui illuminait son visage. Elle était fière d'elle… et elle avait hâte de savoir ce qui l'attendait.

Quelques minutes plus tard, Elizabeth entendit le carillon de la porte sonner. Tout excitée, elle hurla:

— J'y vais! C'est pour moi! Je réponds!

Elle sortit de sa chambre comme un coup de vent après avoir ramassé son sac fourre-tout, préparé depuis des heures, et descendit les marches de l'escalier deux à deux avant de finir le trajet les fesses sur la main courante, glissant jusqu'au rez-de-chaussée, devant la porte d'entrée de la maison. Elle ouvrit et, reconnaissant son amie Samantha, annonça à ses parents:

— Je pars! Sam est arrivée! Bye! À demain!

Bousculant presque son amie, Elizabeth franchit le pas de la porte, mais fut freinée dans son élan.

— Attends, Lizzie, lança tristement Samantha en bloquant le chemin à Elizabeth.

— On n'a pas le temps d'attendre. Je ne veux pas manquer mon train.

Samantha baissa la tête, honteuse et confuse.

— Je ne peux pas te conduire à la gare.

Elizabeth sentit ses joues s'empourprer.

— QUOI ? Pourquoi ?

— Parce que mes parents sont dans la voiture et que nous partons pour un week-end à la campagne. Ils ne m'avaient rien dit et, quand ils sont arrivés, ils m'ont fait la surprise. Ma mère avait même préparé ma valise en cachette. Tout était déjà dans l'auto. Ils étaient au supermarché quand je t'ai appelée tout à l'heure.

La tête d'Elizabeth se mit à tourner. Il fallait qu'elle parte maintenant si elle ne voulait pas manquer son train.

— Bonsoir, Samantha…

La mère d'Elizabeth était apparue derrière sa fille pour venir saluer les Rollins. Catastrophée, Elizabeth ne savait plus quoi dire ni quoi faire.

— On se voit à l'église dimanche ?

— Euh… non, malheureusement, répondit Samantha. Nous… partons pour la campagne. Nous irons à la messe à St. Patrick's ce dimanche.

— Ah bon, fit madame Gurney sur un ton de méfiance. Je croyais qu'Elizabeth devait passer la soirée et la nuit chez toi aujourd'hui ?

Samantha et Elizabeth échangèrent un regard de panique avant que cette dernière réponde sèchement à sa mère :

— Changement de programme, c'est tout. Je reste ici. Bon week-end, Sam.

Elizabeth sourit froidement à Samantha avant que celle-ci se tourne vers la voiture de ses parents et quitte le perron de la résidence des Gurney, rongée par la culpabilité d'abandonner son amie dans ce moment si important pour elle. La mère d'Elizabeth envoya la main aux parents de Samantha, qui firent de même en souriant poliment.

— Je retourne dans ma chambre.

Elizabeth monta les marches de l'escalier quatre à quatre et fit claquer la porte de sa chambre. Prisonnière dans sa propre maison, elle se laissa choir sur son matelas et le roua de coups comme si cet effort physique lui donnerait l'idée de génie qui lui permettrait de rejoindre Rick à la gare sans éveiller les soupçons de ses parents.

— Si je manque ce rendez-vous, c'est foutu, se dit-elle à haute voix en tentant d'activer son téléphone cellulaire qu'elle avait oublié de recharger.

CHAPITRE 3

Québec, 13 octobre

— Youpiiiiiii! Ayoye!

Essoufflée et exaltée, Sarah s'effondra sur son lit en se frottant la tête après avoir fait un bond de trop.

— Sarah, vas-tu arrêter de me sauter sur la tête? cria David du bas de l'escalier. Tu as passé l'âge de sauter sur ton lit. Tu vas finir par défoncer ton matelas.

Depuis que leur fille adoptive avait commencé le secondaire en septembre, David et sa femme Lyne avaient l'impression que Sarah était plus que jamais partagée entre sa vie d'enfant et sa vie d'adolescente. Pas qu'elle était tiraillée, confuse ou en crise existentielle quelconque mais, à douze ans et demi – et elle insistait beaucoup sur la demie! –, Sarah Duvall avait autant de plaisir à transformer son lit en trampoline, comme elle le faisait depuis qu'elle pouvait se tenir debout, qu'à feuilleter des magazines de stars avec son amie Jolane pour échanger sur laquelle – ou lesquelles! – des jeunes vedettes masculines de cinéma et de musique faisaient battre leur cœur plus que les autres.

— Je t'aime, papa! répondit Sarah en tentant de ne pas laisser paraître la douleur qu'avait causée ce vilain plafond en heurtant sa tête.

Sarah réalisa qu'elle avait sans doute encore grandi puisque, pas plus tard qu'au début de l'été, elle avait eu beau sauter de toutes ses forces sur son lit, elle n'était jamais arrivée à atteindre le plafond avec sa tête. Cette fois, elle s'y était heurtée d'aplomb. Si David avait su ce qu'elle venait de faire, il aurait sans doute profité de la situation pour lui faire la morale et lui dire qu'elle devait « se comporter comme une grande fille ».

— Nous mangerons bientôt! cria encore David en soulevant le couvercle qui protégeait sa délicieuse soupe aux lentilles.

Mais Sarah n'avait pas envie d'être une grande fille. Du moins, pas tout de suite. Elle préférait se perdre dans le conte de fées que lui faisait vivre cette lettre que Simon Pelletier lui avait remise en fin d'après-midi.

Le cri du père de Sarah fut suivi d'un son que la jeune fille connaissait bien. Le tintement d'un ami qui communiquait avec elle par Talk2Me. Sarah descendit de son lit et s'assit devant son écran d'ordinateur.

— *Salut, Sarah. As-tu répondu à Simon?*

Sarah sourit, mais poussa un soupir d'exaspération. Son amie Jolane était sans doute la fille la plus impatiente qu'elle connaissait.

— *Ben là! Donne-moi une chance. Je viens d'arriver de l'école et j'ai juste eu la chance de lire son message douze fois! LOL*

Sans attendre la réponse de Jolane, Sarah quitta la chaise devant son ordinateur et retourna sur son lit où elle reprit la lettre du beau Simon. Le jeune garçon, qu'elle avait rencontré dans sa classe dès son arrivée au Petit Séminaire de Québec, lui était instantanément tombé dans l'œil. Ce message précieux, gribouillé sur une feuille mobile déchirée d'un cahier à anneaux, Simon le lui avait remis rapidement, tout de suite après la dernière cloche, avant de se faufiler entre deux ou trois autres compagnons de classe pour disparaître dans la foule.

Sarah le relut pour une… treizième fois !

Salut, Sarah. Comme tu sais, vendredi dans deux semaines, c'est le bal costumé de l'Halloween à l'école et je trouverais ça vraiment cool si tu voulais venir avec moi. Je ne sais pas encore en quoi je vais me déguiser, mais si tu as le goût de venir avec moi, peut-être que nous pourrions en parler et choisir des costumes qui iraient ensemble. Peut-être comme un duo connu dans le genre Batman et Robin, Timon et Pumbaa, Tarzan et Cheetah… ou encore en couple célèbre comme Tristan et Iseult, César et Cléopâtre ou Roméo et Juliette.

Sarah se passa encore la réflexion qu'elle avait beaucoup plus envie d'être la Juliette du Roméo de Simon que le Pumbaa de son Timon ou le Robin de son Batman ! Elle aurait sans doute su apprécier Simon portant un costume de Tarzan, mais l'idée de passer toute la soirée déguisée en chimpanzé ne l'enchantait guère ! Elle chassa donc cette option de sa tête…

Je ne sais pas ce que tu as comme costume ou ce que tu as le goût de porter pour le bal, mais moi, je suis prêt à tout pour y aller avec toi… sauf à me déguiser en sandwich au jambon ! L'an dernier, mon chien a passé la soirée à me suivre partout en bavant sur le plancher !

Visuelle et imaginative, Sarah n'eut aucune difficulté à faire défiler la scène dans sa tête comme une bobine de cinéma, même si elle ne connaissait pas la race du chien de Simon. Elle rigolait néanmoins en visualisant tour à tour un dalmatien, un rottweiler et un saint-bernard !

— *Vas-tu lui écrire une lettre comme il a fait ou lui répondre par courriel ?*

Toujours étendue sur son lit et lisant le message froissé de Simon qu'elle tenait à bout de bras, Sarah ne vit pas tout de suite la question de Jolane à l'écran.

J'attends ta réponse. Comme tu le sais peut-être déjà, je n'ai pas de blonde en ce moment. Depuis que je suis au Petit Séminaire, il n'y a aucune autre fille que toi qui m'intéresse. Je sais que nous ne nous connaissons pas depuis longtemps parce que tu habites le Vieux-Québec et moi, Charlesbourg. J'aurais aimé ça te connaî-tre au primaire, mais ce n'est pas grave qu'on se connaisse juste maintenant. Je ne sais pas si tu as un chum. Tu ne sembles pas en avoir un ici, mais peut-être que tu aimes déjà un gars qui va à une autre école ou un gars qui allait au primaire avec toi. C'est sûr que je serais content si ce n'était pas le cas. J'attends ta réponse par écrit ou en personne. La fin de semaine sera longue parce que j'attendrai ta réponse, mais je n'ai pas eu le courage de t'écrire avant parce que j'avais trop peur que tu me répondes vite. C'est comme si je voulais me donner plus de jours pour rêver au cas où ta réponse serait négative. Je te souhaite un bon week-end et j'ai quand même hâte de te revoir lundi, même si tu dis non.

À +

Simon Pelletier

— *Allôôôôôô? You hoo? Es-tu toujours là?* demanda une Jolane de plus en plus impatiente sur Talk2Me.

Sarah inspira profondément et laissa retomber la lettre de Simon sur elle, comme une feuille d'érable qui se détache à l'automne. La missive atterrit à côté de sa tête, sur ses longs cheveux noir ébène. Perdue dans ses pensées, elle trouva Simon encore plus mignon et romantique qu'à la première lecture de son message qu'elle commençait à connaître presque par cœur.

— *Sarah? Es-tu là? Est-ce que tu* chattes *avec lui?*

Le tintement de Talk2Me tira Sarah de sa rêverie. «C'est vrai! Jolane!» se dit-elle en se relevant rapidement. Elle ramassa le billet doux de Simon et le plia soigneusement pour le glisser dans la pochette de son agenda scolaire.

— *Oui, oui, je suis là,* tapa-t-elle rapidement. *Non, je ne* chatte *pas avec lui. Es-tu folle? Je ne sais même pas s'il est sur Talk2Me, alors…*

Jolane trouvait que Sarah avait souvent tendance à faire la bouchée qui ne veut rien comprendre. Elle avait pourtant une bonne idée de ce que contenait le message de Simon et trouvait que la balle était définitivement dans le camp de Sarah.

— *Tu es plus débrouillarde pour les travaux scolaires que pour l'amour, on dirait. LOL. Je pense qu'il est sur T2M parce que Francis* chatte *avec lui présentement.*

Francis Bélanger, l'élu du cœur de Jolane, était un ami de longue date de Sarah. Ils avaient même été des amoureux en maternelle! Depuis la cinquième année du primaire à l'école Saint-Jean-Baptiste, au cœur du faubourg dans le Vieux-Québec, Jolane et Francis étaient devenus un couple emblématique, un duo inséparable, l'amour qui fait rêver tout le monde. Pour leur plus grand bonheur, Jolane, Francis et Sarah avaient tous été acceptés au Petit Séminaire de Québec et avaient pu débuter leurs études secondaires ensemble. Rapidement, Francis s'était lié d'amitié avec Simon, le petit Charlesbourgeois qui partageait avec lui une passion pour le hockey junior.

— *Laisse faire. Je vais m'arranger toute seule*, répondit Sarah sur le clavier. *Je ne sais pas encore ce que je vais lui répondre.*

Jolane ne crut pas ce qu'elle venait de lire.

— *QUOI? Qu'est-ce que tu veux dire? C'est sûr que tu vas dire oui!*

Sarah aurait pu être offusquée que Jolane décide de son destin pour elle, mais elle connaissait son amie depuis trop longtemps et savait que leur amitié n'aurait pas été la même si Jolane n'avait pas pris l'habitude de régler sa vie au quart de tour.

Pour la forme, Sarah tapa :

— *Depuis quand tu décides pour moi?*

La réponse de Jolane ne fut pas longue à venir.

— *Depuis que je te connais. LOL*

Sarah ne put s'empêcher de pousser un petit rire sonore.

— SARAH! La soupe est servie!

L'appel du paternel était clair et net, et Sarah savait que si elle faisait attendre David elle risquait d'être privée d'ordinateur.

— J'arrive, papa! hurla-t-elle à son tour avant d'écrire rapidement à Jolane. *Mon père m'appelle pour souper. À +.*

Sur-le-champ, Sarah quitta sa chambre et dévala les marches de l'escalier deux à deux avant de faire irruption dans la salle à manger adjacente à la cuisine. Comme elle avait laissé son Talk2Me ouvert, cela permit à Jolane de rajouter:

— *Tu es vraiment la pire des peureuses, Sarah Duvall!*

Mais Sarah n'en eut connaissance que quelques heures plus tard…

— Maman n'est pas encore arrivée? constata la jeune fille en se tournant vers son père.

Le directeur adjoint de St. Patrick's High School leva les yeux de sa soupe fumante pour expliquer l'absence de sa conjointe à la table familiale.

— Elle est au chevet de mamie Loulou, à l'hôpital, mon amour. Je ne sais pas à quelle heure elle arrivera. Allez, mange ta soupe. Je l'ai vraiment bien réussie.

Sarah eut un pincement au cœur en pensant à sa grand-mère maternelle adorée qui avait subi un léger accident cérébro-vasculaire quelques semaines plus tôt et qui se trouvait en attente d'une place en centre de réadaptation. Depuis cinq ans, mamie Loulou habitait seule la maison de Sillery qu'elle avait partagée avec grand-papa Léopold jusqu'au décès de ce dernier quand Sarah avait sept ans. Lyne, la mère de Sarah, la cadette de la famille, gardait des souvenirs mémorables de son enfance dans cette maison. Comme Louise et ses enfants, Sarah s'accrochait au rêve que mamie Loulou puisse regagner son domicile, mais rien n'était plus incertain.

— C'est vrai qu'elle est bonne, ta soupe, papa, souffla Sarah pour éviter le sujet de l'état de santé de sa grand-mère.

David sourit. Il avait toujours adoré cuisiner et faire à manger pour Lyne et Sarah représentait un véritable bonheur parce qu'elles savaient apprécier les choses simples tout autant que les repas plus élaborés.

— Papa… je… je voulais savoir… entreprit Sarah pour meubler le silence, sans réfléchir.

David leva encore les yeux en terminant d'essuyer le fond de son bol avec sa tranche de pain.

— Vas-tu me donner la permission d'aller au bal costumé de l'école le vendredi 27 octobre pour l'Halloween ?

Très jeune, Sarah avait pris l'habitude de faire des phrases complètes et de poser des questions précises qui contenaient toutes les informations nécessaires à la réflexion des unités parentales. Ainsi, elle s'évitait un interrogatoire désagréable et souvent empreint de soupçons. David et Lyne avaient toujours apprécié cette façon de faire.

— Sans doute, répondit David. *Why not?* J'imagine que ta mère sera là aussi ?

Catastrophe ! Sarah n'avait pas prévu cette possibilité. Lorsqu'elle fréquentait l'école primaire et que ses enseignants organisaient de petites fêtes, elle n'avait jamais eu à s'inquiéter de l'éventualité où ses parents viendraient s'immiscer dans sa vie sociale, mais maintenant qu'elle fréquentait l'école privée où enseignait sa mère…

— Ah… ben oui, hein ? dit Sarah en tentant de camoufler sa déception. Ça se peut. Je n'avais pas pensé à ça.

David sourit et fut touché par la diplomatie de sa fille.

— Mais non, mon amour. Ta mère et moi en avons déjà parlé et… non seulement tu auras le droit d'y aller, mais ta mère restera à la maison ce soir-là.

Le soulagement qu'il put lire sur le visage de sa fille amusa David. Celle-ci lui donna une claque amicale sur l'épaule, et David poussa un gémissement sonnant faux que Sarah ne connaissait que trop bien.

— Prendrais-tu un verre de simonade avec ton repas ? demanda David, pince-sans-rire.

— De QUOI ? s'étonna Sarah, interloquée.

— Je veux dire un verre de *li*monade, corrigea David sans regarder sa fille. Excuse-moi.

Sarah tourna les yeux au plafond pendant que son père ramassait son bol de soupe vide.

— PAPA! FRANCHEMENT!

Les deux complices se mirent à rire.

Soudain, Sarah et David entendirent la porte d'entrée s'ouvrir et se refermer brusquement. Sarah se leva et accourut vers le hall comme elle avait l'habitude de le faire lorsqu'elle était toute petite.

— Maman! s'écria-t-elle.

— Allô, ma chérie, répondit Lyne pour la forme.

Dans le ton de sa mère, Sarah n'entendit pas de tristesse, mais de l'impatience et de la colère. Elle ne s'inquiéta donc pas de l'état de santé de mamie Loulou.

— Qu'est-ce que tu as? demanda-t-elle spontanément en se dégageant de l'étreinte de sa mère.

Contrariée, Lyne entreprit de suspendre son manteau en disant sèchement:

— Laisse-moi le temps d'arriver, d'accord?

Sarah demeura muette. Elle savait que quelque chose n'allait vraiment pas et que, dans ces circonstances, il était préférable d'attendre que Lyne soit prête à en parler. En regagnant la salle à manger, elle lança un regard à son père qui en dit long sur l'humeur apparemment massacrante de sa mère.

Par un simple geste de son père, Sarah comprit qu'elle avait eu raison de ne rien dire et d'attendre que passe la tempête. David entra dans la cuisine pendant que Sarah se rassoyait. Au loin, l'adolescente entendit les soupirs d'exaspération de sa mère, les pas de Lyne dans le couloir et la porte de la salle d'eau se fermer violemment.

David revint de la cuisine avec deux assiettes de ses légendaires spaghettis sauce aux boulettes de viande. Sarah retrouva son sourire.

— Mange, chuchota David. Tu vas voir. Elle va finir par tout nous raconter et ça va la calmer. Tu la connais…

Sarah sourit à son père et attaqua son assiette en piquant la plus grosse des boulettes qui trônait sur la montagne de spaghettis.

Lyne sortit de la salle d'eau et vint s'asseoir à la table de la salle à manger. Elle poussa un soupir de découragement et David, qui connaissait sa femme comme s'il l'avait tricotée, chuchota à Sarah :

— Trois… deux… un…

— Ils sont INCROYABLES, cette bande D'INCOMPÉTENTS ! s'écria Lyne soudainement.

Sarah faillit s'étouffer avec sa bouchée.

— Ne ris pas, Sarah, c'est vraiment grave !

La jeune fille essuya rapidement sa bouche et entreprit de s'excuser.

— Je sais, maman. Ce n'est pas de ça que je riais.

Elle jeta un regard réprobateur à son père qui demeura stoïque. Lyne fulminait et ne réalisait pas que David et Sarah s'amusaient de la situation qu'ils ne connaissaient que trop bien.

— Ça fait deux semaines que ma mère est dans cet hôpital alors qu'elle devrait être dans un centre de réadaptation en train de faire des exercices pour retrouver sa motricité et reprendre des forces. Et ces imbéciles-là n'arrivent pas à me dire autre chose que : «Elle est sur la liste d'attente, madame.» Ça m'enrage !

Se sentant impuissante, Sarah avança :

— Je vais aller la voir demain, maman.

Gonflée à bloc, Lyne fut instantanément apaisée par cette petite phrase de sa fille. Sarah avait toujours eu le tour de calmer sa mère quand celle-ci était en colère. Lyne ferma les yeux, expira et souffla doucement :

— Je suis certaine que c'est exactement ce dont elle a besoin, ma chérie. Merci.

Sarah sourit à sa mère, qui avait tourné son regard vers David, question de faire savoir à son conjoint à quel point elle trouvait leur fille formidable, et plongea sa fourchette dans ses pâtes.

— Je te sers un bol de soupe, chérie ?

Lyne passa ses mains dans son épaisse chevelure blonde en regardant amoureusement son mari.

— Qu'est-ce que je ferais si vous n'étiez pas là ?

David et Sarah échangèrent un regard complice. Après un court silence, Lyne enchaîna plus calmement.

— Non mais, c'est exaspérant. Ma mère, une femme de quatre-vingt-sept ans qui n'a jamais été malade de sa vie et qui, tout d'un coup, se retrouve diminuée par un ACV, ne peut pas rentrer chez elle parce qu'elle a besoin d'aide pour se lever, pour marcher, pour se rendre aux toilettes, pour se laver… juste parce qu'elle a perdu un peu de force dans son côté droit… Et notre système de santé n'est même pas capable de lui trouver une place où elle pourrait peut-être reprendre des forces et retrouver une certaine autonomie.

— Qu'est-ce qu'ils t'ont dit? demanda David en déposant la soupe fumante devant son amoureuse.

— Que ça pourrait prendre des mois avant qu'une place se libère, répondit Lyne en acceptant la soupe et le baiser de son mari. Elle a le temps de dépérir complètement d'ici là. Ils me proposent de la sortir de l'hôpital et de l'emmener ici, mais ils disent que nous aurions besoin d'une infirmière à temps plein pour assurer les soins qu'elle requiert vingt-quatre heures sur vingt-quatre…

David soupira de découragement.

— C'est ça, enchaîna Lyne, voyant que son mari avait tout compris. Si on avait les moyens, c'est sûr que c'est ce que l'on ferait, voyons donc! C'est ce que tout le monde ferait, j'imagine.

Sarah savait qu'elle ne devait pas se mêler des conversations des adultes, particulièrement lorsqu'il était question d'argent, mais elle ne put s'empêcher de dire:

— Ah, ce serait tellement génial que mamie Loulou vienne vivre ici avec nous. On a de la place et je m'occuperais d'elle, moi!

David et Lyne échangèrent un regard, touchés et impuissants à la fois.

— C'est gentil, mon amour, mais c'est d'une infirmière dont ta grand-mère a besoin et… toi, tu dois aller à l'école toute la journée. Tu ne serais pas là pour t'occuper d'elle.

— Sans parler du physiothérapeute qui doit mettre sur pied un programme pour elle et superviser son entraînement si elle veut redevenir comme avant, ajouta Lyne avant de prendre quelques cuillerées de soupe.

Pendant un moment, la famille Lachance-Duvall mangea en silence. Ses trois membres cherchaient désespérément la meilleure solution pour mamie Loulou.

— Je n'arrive pas à accepter que la santé de ma mère se résume à une question d'argent, trancha finalement Lyne. Ça me révolte! C'est bien simple, ça me révolte!

Sarah laissa la moitié de son assiette de spaghettis. Pourtant, elle avait toujours adoré les spaghettis sauce aux boulettes de viande de son père.

CHAPITRE 4

New York, 13 octobre

— N'essaie pas de me faire avaler ça ! Je sais très bien pourquoi tu acceptes de venir m'aider, espèce de pervers !

Matthew et Milos étaient sur le pas de la porte, prêts à quitter l'appartement pour se rendre au Chelsea Cinemas. Non seulement Matthew avait-il accepté de laisser à son colocataire le champ libre pour qu'il puisse accueillir sa belle Océane seul à l'appartement, mais il lui avait même offert ses services comme styliste et maquilleur pour que Milos soit à son meilleur lors de ses débuts dans le *Rocky Horror Picture Show* ce soir-là.

— Tu me prêtes toujours des intentions malhonnêtes, bougonna Matthew, faussement insulté.

Milos connaissait assez son ami pour savoir que Matthew voulait avoir accès aux loges du Chelsea pour pouvoir voir les acteurs du *Picture Show* enfiler – et surtout retirer ! – leurs costumes.

— Tout ce que je veux, *darling*, rectifia Matthew, c'est te donner le champ libre pour que tu puisses respecter ton engagement. En me prenant comme maquilleur et styliste, tu vas pouvoir me présenter le beau Kevin sans que ça ait l'air trop louche.

Milos savait que Matthew avait raison, mais il trouvait que cette soirée intime avec Océane commençait à lui coûter cher à tous les points de vue. Il avait beau être à l'aise financièrement grâce à la généreuse pension mensuelle que lui versaient ses parents de Melnik, le village où il avait vécu toute son enfance et le début de son adolescence, non loin de Prague en République tchèque, Milos aimait bien profiter de la vie et avait tendance à être plutôt dépensier. Heureusement aussi qu'il n'avait pas à payer ses études parce qu'il avait reçu une généreuse bourse à la suite de sa participation au prestigieux Sundance Festival deux ans plus tôt.

— Et en nous payant une chambre d'hôtel, à Kevin et à moi, enchaîna fébrilement Matthew, tu t'assures d'être seul avec ta pâtisserie française…

Milos protesta.

— Hé ho ! Je te paie la chambre d'hôtel pour être *certain* que tu ne reviennes pas ce soir. Ce n'est pas gagné d'avance, ton affaire avec Kevin, hein ? Je ne sais même pas s'il est gai.

Matthew donna quelques claques sur l'épaule de son ami.

— Je te défends de le traiter d'hétéro, tu m'entends ? Il est beaucoup trop beau pour être aux femmes.

Milos jeta un regard à Matthew avant que ce dernier enchaîne, agacé :

— Oui, oui, je sais! Il y a toi, mais tu es l'exception qui confirme la règle. Et je me demande encore si c'est seulement parce que tu n'as pas encore rencontré le bon gars.

Milos éclata de rire, convaincu qu'il ne servait à rien d'entretenir une conversation avec Matthew sur ce sujet puisque ce dernier était convaincu que tous les hétérosexuels étaient des gais qui ne s'assumaient pas encore!

— *Shut up!* Et verrouille la porte, grande folle! Nous allons être en retard avec toutes tes niaiseries.

†

Vers vingt et une heures quarante-cinq, Milos et Matthew descendirent d'un taxi jaune devant le Chelsea, sur la 23e Rue, entre la 7e et la 8e Avenue. Le ciel était clair au-dessus de Manhattan et la pleine lune reflétait les rayons du soleil dans le firmament de la Big Apple. Ce vendredi 13 octobre était assez chaud pour un simple pull à manches longues. Une soirée parfaite qui annonçait une nuit aussi parfaite. Milos régla la course au chauffeur de taxi et se tourna vers l'entrée illuminée du Chelsea. Tout de cette soirée lui confirmait qu'il était clairement un oiseau de nuit. Dès que le soleil se couchait, il se sentait revivre.

— Milos?

Le jeune homme se tourna vers la voix féminine qui l'avait interpellé et il eut le souffle coupé. Océane était encore plus splendide qu'au moment de leur rencontre la veille dans une boîte de nuit de SoHo. La belle blonde originaire de Blois sur les rives de la Loire au centre de la France, arrivée trois ans plus tôt à New York pour entreprendre un stage auprès de la *head writer* du feuilleton *As the World Turns*, s'était complètement métamorphosée pour assister au *Picture Show*. Elle connaissait bien les personnages et savait que l'on n'assistait pas tout bêtement à ce spectacle unique. Il était préférable de se déguiser comme l'un des personnages, d'arriver avec un esprit ouvert et débridé, de s'attendre à participer au spectacle presque autant que les comédiens qui se trouveraient sur la scène devant l'écran. Milos fut complètement soufflé par cette jeune femme, de cinq ans son aînée, qui s'était adaptée si rapidement et si naturellement à la vie new-yorkaise.

— Océane, wow! balbutia-t-il en s'approchant. Tu... Ton costume... c'est... Tu es vraiment gentille d'avoir accepté de venir me rencontrer ici. De... d'être venue me voir dans le spectacle.

Matthew n'était pas insensible aux charmes de la jeune femme non plus. Il comprit rapidement comment Milos avait pu être séduit par cette beauté classique et unique à la fois.

— *My God, darling!* intervint-il en s'interposant entre Milos et Océane, la main tendue vers cette dernière. C'est rare que tu bégaies comme ça. Est-ce que je devrais être jaloux? *Hi, I'm Matthew*, son épouse.

Océane sourit et étouffa un petit rire. Elle connaissait bien ce genre de plaisanterie et décida sur-le-champ qu'elle allait aimer Matthew.

— Euh... Matthew est... Je... Nous étudions ensemble à l'Academy, raconta Milos, se rappelant qu'il avait menti à Océane en lui disant qu'il habitait seul, et... ça fait des mois qu'il me supplie de lui présenter un des gars du *Show*.

Océane embrassa Matthew trois fois sur les joues et se tourna vers Milos en lui soufflant :

— Ne sois pas mal à l'aise, Milos. Moi aussi, je suis bi.

Milos voulut protester, mais Matthew l'en empêcha en s'exclamant :

— *Oh my God, darling!* Celle-là, on l'adopte tout de suite !

Océane éclata de rire, tandis que Milos envoyait un regard foudroyant à Matthew.

— On se voit après le *Show*, Wet One, termina Matthew en embrassant Océane à son tour.

Confuse, celle-ci se tourna vers Milos.

— Comment ?

Horrifié, Milos se voulut rassurant.

— Euh… c'est… un surnom affectueux. Ne t'inquiète pas. Matthew n'est pas de cette planète. Il est… étrange, c'est le moins que l'on puisse dire.

Milos serra Océane dans ses bras et la remercia encore d'avoir accepté le changement de programme pour la soirée. La jeune femme résolut d'aller boire un café dans un *coffee shop* non loin du Chelsea en attendant de pouvoir entrer dans le cinéma. Milos et Matthew entrèrent et firent leur chemin jusqu'aux loges où Barry annonça aux autres membres de la distribution que Milos remplacerait Devon ce soir. Les autres acteurs, tous à des étapes différentes de leurs coiffures, costumes et maquillages, saluèrent Milos avec soulagement. Il se sentit tout de suite accepté et apprécié.

Pour sa part, Matthew n'avait d'yeux que pour Kevin que Milos s'empressa de lui présenter avant que les ongles de son ami laissent des marques permanentes sur son avant-bras !

†

En revenant dans la loge après la représentation, Milos était gonflé à bloc. Jamais il n'avait éprouvé les effets d'une telle dose d'adrénaline et jamais il n'avait reçu une telle dose d'amour démontrée par la chaleur des applaudissements du public en délire. Après avoir été tour à tour spectateur et ouvreur pour le *Picture Show*, il réalisait à quel point les applaudissements n'avaient pas du tout le même effet lorsqu'on était *sur* la scène. Milos avait déjà hâte d'y remonter et souhaita secrètement que Devon soit malade pour un moment.

Avec sa subtilité légendaire, Matthew profita de la situation et enlaça Kevin dès qu'il passa la porte de la loge. En moins de deux heures, soit le temps qu'ils avaient passé à échanger ensemble et avec les autres membres de la troupe, Matthew semblait déjà produire un certain effet sur Kevin, pour sa plus grande joie.

— *Hey*, Milos, tu viens chez Lucky Cheng's avec nous pour fêter ta première fois ? demanda Kevin qui, visiblement, semblait quand même plus attiré par le nouvel interprète de Rocky que par l'habilleur-maquilleur de celui-ci.

Les petits coups frappés sur la porte de la loge empêchèrent Milos de répondre. Océane entra discrètement et, encore une fois, le jeune homme eut le souffle coupé. Kevin comprit instantanément qu'il avait mal jugé la situation. Milos répondit :

— Ah, c'est super gentil, mais… j'ai déjà des projets.

Il serra Océane dans ses bras et, en la relâchant, lut dans ses yeux la permission de l'embrasser, ce qu'il fit avec plaisir.

— Mais je suis certain que Matthew serait ravi de vous accompagner, termina Milos en ne quittant pas Océane des yeux après ce premier baiser magique. Hein, Matthew ?

L'ami de Milos, qui n'avait pas l'habitude d'être timide, réservé ou pudique, rougit néanmoins de pied en cap. Kevin se tourna vers Matthew, lui sourit et poussa un simple :

— *Cool !*

Milos sut tout de suite que ni lui ni son colocataire ne termineraient la nuit seuls.

†

Dans le taxi du retour, Milos et Océane n'échangèrent pas beaucoup. La tension sexuelle était à couper au couteau. Océane avait été complètement séduite par la présence de Milos sur scène, et ce dernier avait l'impression d'avoir rencontré la femme de sa vie. Pourtant, il avait toujours dit qu'il était trop jeune pour s'attacher à une seule fille, trop jeune pour se limiter à une seule femme. Il n'était ni malhonnête ni infidèle, mais il n'avait jamais prétendu être exclusif. Il s'était toujours gardé de faire des déclarations amoureuses à l'emporte-pièce. Avec Océane, il sentait cependant qu'il aurait davantage de difficulté à ne pas avouer qu'il commençait à éprouver des sentiments pour elle.

La course en taxi leur parut interminable tant ils avaient hâte de se retrouver dans l'intimité de l'appartement. L'électricité qui passait, même seulement par leurs mains posées sur la cuisse de l'autre, les rendait fous de désir.

— Est-ce que vous avez chaud en arrière ? demanda soudainement le chauffeur de taxi.

Milos et Océane se regardèrent, surpris, et éclatèrent de rire. Ils savaient tous les deux pourquoi la chaleur avait monté de quelques crans dans la voiture. Les yeux du chauffeur dans le rétroviseur attendaient clairement une réponse, mais ni l'un ni l'autre des amoureux ne s'aventura à verbaliser la situation, par crainte de trahir la passion qui les habitait et de passer pour des tarés.

Quelques minutes plus tard, la voiture jaune se gara devant le sixplex qu'habitait Milos et le jeune homme régla la course en laissant un généreux pourboire.

Sur le trottoir devant l'immeuble, Océane passa ses bras autour du poitrail de Milos et posa délicatement ses lèvres entrouvertes sur la bouche de son compagnon tout en lui caressant les omoplates. Milos aimait les filles entreprenantes et Océane était clairement une jeune femme déterminée et passionnée, tant dans ses relations personnelles que dans sa vie professionnelle. Les genoux de Milos se changèrent en gélatine et il dut se ressaisir pour ne pas défaillir. Il inspira profondément et l'odeur enivrante, ensorcelante, d'Océane l'hypnotisa complètement. Milos n'avait jamais humé un tel parfum. Ou peut-être était-ce son odorat qui se transformait? Que lui arrivait-il donc?

— Il faut que je te fasse un aveu, s'entendit-il dire après le baiser. Matthew… euh… il… Matthew n'est pas mon épouse.

Océane éclata de rire.

— Mais il n'est pas seulement un ami non plus, compléta Océane. J'ai vu la complicité que vous partagez. C'est vraiment génial!

Milos se détendit un peu.

— Il habite ici aussi? demanda Océane, croyant déjà connaître la réponse.

— Oui, avoua Milos, penaud. Excuse-moi de t'avoir menti. Quand tu m'as parlé de tes expériences avec tes colocs, j'ai…

Océane plaqua sa bouche sur celle de Milos. Tout était pardonné.

Quelques minutes plus tard, les amoureux arrivèrent devant la porte de l'appartement pendant que Milos fouillait dans ses poches à la recherche de ses clés.

— Regarde, chuchota Océane pour ne pas réveiller les voisins à une heure si tardive.

Sur la porte, quelqu'un avait punaisé une note écrite en lettres étrangement carrées sur du papier ligné jaune.

— *Pour Milos Menzel*, lut le jeune homme, intrigué. *Je vous ai manqué. Je repasserai demain.*

Pas de signature.

— Tu attendais quelqu'un ? demanda Océane.

Milos arracha le papier et le tourna dans tous les sens pour voir s'il n'y trouverait pas des indices au sujet de son auteur.

— Non, vraiment pas, répondit-il franchement à Océane. Surtout que Matthew et moi avons quitté l'appartement vers vingt et une heures. C'est tard pour rendre visite à quelqu'un sans invitation, non ?

Océane ne put qu'acquiescer et hausser les épaules.

— Tu en sauras sans doute davantage demain, conclut-elle, puisque la personne dit qu'elle reviendra.

« Elle ? » se dit Milos. Il ne put s'empêcher de souhaiter ardemment qu'il s'agisse d'un « il » plutôt que d'une « elle », sinon cela pourrait le mettre dans l'embarras avec Océane.

CHAPITRE 5

Killester, 13 octobre

Elizabeth s'arrêta sec et décida de jouer le tout pour le tout. Faire les cent pas au milieu de sa chambre ne la conduirait pas très loin. Il lui fallait quitter la maison dans les prochaines minutes si elle voulait avoir la moindre chance de rencontrer Rick à la gare et attraper le train de vingt et une heures dix. Comme la pile de son cellulaire l'avait abandonnée, elle ne pouvait appeler son amoureux – ô ce qu'elle souhaitait pouvoir confirmer à Rick ce statut dès ce soir ! –, alors elle allait profiter du temps de recharge pour écrire une lettre à ses parents. La course contre la montre était lancée !

— Je laisse TOUJOURS mon ordinateur allumé, bougonna Elizabeth devant l'écran. Pourquoi fallait-il que je choisisse aujourd'hui pour l'éteindre ?

Pendant le démarrage de l'appareil, Elizabeth plaça des oreillers et des coussins sous ses draps en prenant soin de les disposer pour qu'ils puissent convenablement simuler son corps. Lorsqu'elle eut fini, elle éteignit la lumière et, dans la pénombre provoquée par son écran d'ordinateur, elle évalua son travail.

— *Yuk!* On dirait qu'un cachalot dort dans mon lit! s'entendit-elle dire à voix haute en regardant la forme que faisaient les oreillers. Ah, et puis, tant pis! Je n'ai pas le temps de faire la difficile.

De retour devant son écran, Elizabeth ouvrit le logiciel de traitement de texte et entreprit l'écriture de sa lettre d'adieu – ou d'au revoir? – à ses parents.

Chers papa et maman,

Ne regardez pas les fautes d'orthographe. J'écris cette lettre si vite que je n'aurai pas le temps de me relire. Le but de cette lettre est moins pire que vous ne pourriez le penser. Non, je ne me suis pas transformée en sacs de tissu pleins de plumes d'oie et de mousse synthétique. Ce sont vraiment des coussins et des oreillers qui sont dans mon lit et c'est moi qui les ai placés ainsi, pas un kidnappeur pédophile. Je ne me suis pas pendue dans mon armoire et je ne suis pas en train de me prostituer dans le Red Light d'Amsterdam.

Au moment où vous lirez ce message, je serai sûrement partie depuis longtemps, mais je serai en sécurité et je ne ferai pas honte à la famille. Je suis allée rejoindre Rick à la gare de Killester. Vous vous souvenez de Rick? Contrairement à ce que vous pensez, il est gentil et responsable et il ne me ferait pas de mal. Il ne me fera pas gâcher ma vie non plus. Comme moi, il se demande comment il a pu naître dans une famille où il a l'impression d'être un extraterrestre. Il ne comprend pas pourquoi il n'a rien en commun avec ses parents, pourquoi il ne s'est jamais entendu avec ses sœurs – moi, au moins, j'ai toujours aimé Michael, mais maintenant qu'il est à l'université et qu'il n'habite plus avec nous, je ne le vois plus autant.

Rick me comprend et je le comprends. Je m'en vais avec lui à Dublin pour voir un spectacle. Je ne sais pas si je reviendrai ce soir ou demain ou… jamais. *Vous avez été de bons parents, mais j'étouffe et j'ai besoin de vivre ma vie. Ne me cherchez pas et – surtout! – ne me faites pas l'humiliation d'appeler la police. Je ne vous le pardonnerais jamais!*

Votre fille libre et heureuse qui vous donnera des nouvelles,

Lizzie xxx

Satisfaite, Elizabeth imprima sa lettre, la signa et la glissa dans une enveloppe sur laquelle elle écrivit avec un gros marqueur indélébile :

PAPA ET MAMAN – C'est moins pire que vous ne le pensez

Elle plaça l'enveloppe sur le clavier de son ordinateur et éteignit l'appareil en se disant qu'elle ne le reverrait peut-être pas avant un bon moment.

Elle lança son sac fourre-tout sur son lit, sous la fenêtre, celle qu'elle allait utiliser pour son évasion.

— Écoute, téléphone de mon cœur, souffla-t-elle à son appareil, faussement conciliante, comme s'il s'agissait d'un bambin déraisonnable. Il faut que tu fonctionnes maintenant. Nous devons appeler Rick pour lui dire que nous arriverons bientôt. Comprends-tu?

Elizabeth entendit des pas dans le couloir devant sa porte. Elle se raidit.

— Elizabeth?

C'était la voix de son père.

— Oui, *daddy*?

Elle savait que son père adorait lorsqu'elle l'appelait *daddy*, mais elle savait aussi qu'elle devait utiliser le mot avec parcimonie car le paternel était au fait de son habitude de sortir ce surnom lorsqu'elle avait quelque chose à se faire pardonner… ou à cacher !

— Tu te prépares à dormir ?

Les yeux grands et une main contre la porte, Elizabeth tentait d'imaginer toutes les suites possibles au scénario.

— J'écoute de la musique. Il est trop tôt pour dormir. Il n'y a pas d'école demain.

— C'est vrai, répondit son père, se trouvant un peu ridicule. Je peux entrer ?

Elizabeth colla son dos à la porte et balaya sa chambre du regard avant de pousser un petit cri sec.

— NON !

Patrick Gurney, qui s'apprêtait à tourner la poignée de la porte de la chambre de sa fille comme il l'avait fait des milliers de fois auparavant, figea net.

— Pourquoi ?

Elizabeth réalisa que, si elle n'améliorait pas sa performance de comédienne, son seul et unique spectateur ne croirait pas du tout à la situation et l'acculerait au mur.

— Je suis nue !

Elizabeth avait lancé la phrase sans réfléchir et la regretta aussitôt. Elle craignait maintenant que son père dise…

— Tu écoutes de la musique nue ?

Silence.

— Tu… tu es presque une adulte maintenant, Lizzie. Ce que tu fais, seule dans ta chambre, ne me regarde plus.

Autre silence.

— Le temps a passé si vite. Je ne t'ai pas vue grandir, vieillir. Il me semble qu'hier encore tu étais une fillette en jean tout troué et couvert de boue qui courait derrière son frère. Maintenant, tu es devenue une jeune femme.

Émue, Elizabeth sentit une larme perler au coin de son œil. Elle tourna les yeux vers le plafond pour refouler la goutte qui glissa vers son oreille au lieu de parcourir sa joue. Elle n'avait pas réussi à la retenir.

— Mais tu seras toujours mon bébé.

Après un silence, Elizabeth entendit les pas de son père s'éloigner.

— Moi aussi, je t'aime, papa.

Les pas s'arrêtèrent.

— Bonne nuit, ma chérie.

Les pas reprirent leur chemin vers la chambre des maîtres. Bouleversée, Elizabeth ravala ses émotions, essuya rapidement les larmes qui avaient réussi à s'évader de ses yeux malgré tous ses efforts. Puis elle appuya sur le bouton *Talk* de son cellulaire.

— *Yes!* Merci, mon beau téléphone d'amour!

En hâte, Elizabeth composa le numéro de Rick qui répondit aussitôt.

— Qu'est-ce que tu fais? Je t'attends depuis quinze minutes. Es-tu en chemin?

— J'arrive dans quelques minutes, balbutia Elizabeth, la voix enrouée.

Rick fronça les sourcils.

— Tu pleures?

Elizabeth se ressaisit et se racla la gorge.

— Non, non, j'ai… On dirait que je suis en train d'attraper un petit virus.

Rick eut un sourire coquin qu'Elizabeth devina dans sa voix.

— Ce n'est pas grave. J'ai un petit mal de gorge, alors… ça ne me dérange pas si tu me contamines.

Elizabeth sourit. Elle réalisait qu'elle aimait ses parents plus qu'elle ne le pensait, mais qu'elle avait quand même le goût de partir avec Rick, de faire un bout de chemin avec lui.

— Je t'aime, Rick Langston, s'entendit-elle dire en pesant ses mots.

— Moi aussi, Elizabeth Gurney, répondit le jeune homme avant que le téléphone de l'adolescente se mette à faire des *bip bip* étranges pour lui indiquer qu'il allait, encore une fois, manquer d'alimentation.

Comblée mais contrariée, Elizabeth lança rapidement :

— Je te laisse parce que mon téléphone va encore m'abandonner d'une seconde à l'autre. Mais attends-moi… j'arrive.

Elle raccrocha sans attendre la réponse de Rick. Au moins, elle avait réussi à lui parler. Elle débrancha le fil qui lui permettait de recharger son téléphone et le glissa dans son sac fourre-tout avant d'insérer l'appareil dans une petite poche sur le côté du sac.

— Je te rechargerai là où j'atterrirai, promit-elle à son cellulaire.

Avant de monter sur son lit pour ouvrir la fenêtre, Elizabeth décida de prendre quelques vêtements de plus dans sa commode et son armoire. Elle les mit dans son fourre-tout, déterminée plus que jamais à passer plusieurs jours avec Rick, loin du train-train quotidien.

— Au revoir, papa… Au revoir, maman, chuchota-t-elle en se tournant une dernière fois vers la porte fermée de sa chambre avant d'ouvrir la fenêtre. N'ayez pas peur pour moi.

Elizabeth enfourcha le châssis de sa fenêtre après avoir enfilé les courroies de son sac fourre-tout autour de ses épaules. Elle posa les pieds sur l'étroit faux toit en pente sous sa fenêtre et referma cette dernière avant de s'aventurer sur le treillis sur lequel grimpaient les rosiers de son père. Elle ne put s'empêcher de penser à toutes les fois qu'elle s'était attiré les foudres de son père lorsqu'il la prenait à monter sur ces charpentes de bois fragiles. Combien de fois avait-elle fait passer ses actions

sur le dos de son grand frère Michael qui l'avait entraî-
née avec lui ?

L'adolescente réussit enfin à atterrir sur ses deux pieds
sans faire trop de fracas ou de dégâts. Elle demeura figée
un moment, écoutant autour d'elle pour savoir si ses
déplacements avaient provoqué des soupçons à l'intérieur de la maison. Rien. Un silence de mort. Elizabeth
sourit, soulagée. Elle aimait la nuit. La mort. Les
silences. Les sons furtifs. Le mystère. L'inconnu. Elle
aimait Rick.

Rapidement, elle tourna sur elle-même avec l'agilité
d'une *catwoman*, déterminée à faire un sprint jusqu'à la
gare de Killester, mais elle heurta de plein fouet un
homme de taille imposante qui se tenait directement
derrière elle. Dire qu'il était grand aurait été un euphé-
misme, mais il était aussi costaud. Elizabeth ne put
s'empêcher de se demander combien de temps elle
prendrait pour le contourner.

La suite se passa en quelques secondes seulement.

Apeurée, Elizabeth s'apprêtait à pousser un petit cri
lorsque l'homme posa une main gantée sur sa bouche et
l'agrippa par la taille avec son autre bras. On aurait dit
qu'il se préparait à l'entraîner dans un tango !

Les yeux d'Elizabeth s'écarquillèrent davantage. Elle
réalisa que cet homme fort aurait pu lui casser le cou
en un mouvement sec. Terrorisée, elle décida d'inspirer
doucement pour tenter de se détendre. Il ne fallait pas
céder à la panique. Il fallait s'assurer d'une seule chose :
ne pas mourir.

— Bonsoir, Elizabeth.

Le chuchotement de l'homme mystérieux était presque apaisant. Elizabeth voulut néanmoins se dégager, mais l'homme tout de noir vêtu la tenait solidement. Elle se perdit dans ses yeux verts ensorcelants. L'odeur du cuir de ses gants agit presque comme un anesthésiant agréable, euphorisant.

— Ne crains rien. Je ne te veux aucun mal.

CHAPITRE 6

Québec, 14 octobre

— *Salut! Qu'est-ce que tu fais?*

Le tintement de Talk2Me tira Sarah de sa lecture sur le site du ministère de la Santé et des Services sociaux du Québec. Son regard descendit vers le coin inférieur droit de son ordinateur où elle prit conscience de l'heure. Minuit treize. La jeune fille réalisa qu'elle faisait des recherches sur Internet depuis plus de trois heures. Déterminée, elle s'était juré de ne pas dormir avant d'avoir trouvé un centre de réadaptation convenable pour sa mamie Loulou adorée… idéalement dans la région de la Capitale-Nationale, évidemment!

— *Et toi? Tu ne dors pas encore?*

Jolane détestait cette habitude qu'avait Sarah de répondre à une question par une question, mais bon… son amie avait bien le droit d'avoir quelques petits défauts, non?

— *Tu le sais, c'est très rare que je me couche avant minuit les vendredis soirs. Surtout quand il y a une danse ou quelque chose…*

Sarah se demanda si elle n'avait pas oublié quelque chose avec toute cette lecture sur Internet.

— *Une danse ? Ce soir ?*

— *Non, non, il n'y avait pas de danse ce soir,* tapota Jolane en guise de réponse. *Mais parlant de danse…*

— *Aaaaahhhh ! Tu es fatigante avec ça. Non, je n'ai pas encore répondu à Simon.*

Jolane répondit du tac au tac.

— *Ce n'est pas ce que je voulais dire. Je voulais seulement te donner son adresse courriel pour que tu puisses l'ajouter à ta liste de Talk2Me. Francis vient de me la refiler pour toi.*

Sarah sentit des papillons d'excitation virevolter instantanément dans son ventre, mais… ne sachant trop que faire de l'information que venait de lui confier Jolane, elle décida qu'il était peut-être préférable de détourner la conversation.

— *C'est gentil, mais je n'ai vraiment pas le temps de penser à Simon. Il faut que je trouve un centre de réadaptation pour ma grand-mère.*

Même si Jolane savait que son amie était débrouillarde, elle pensait qu'une telle responsabilité n'incombait pas à une adolescente qui n'était même pas encore officiellement adolescente, justement !

— *Comment ça se fait que c'est toi qui fais ça ? Pourquoi ce n'est pas ta mère qui s'en occupe ?*

— *Elle s'en occupe, mais… je pense qu'elle a le nez trop collé sur le problème. Alors… je fais des recherches pour lui proposer des pistes de solutions.*

Parfois, Jolane avait l'impression que c'était Sarah et non ses deux parents qui avaient obtenu un baccalauréat en enseignement !

— *Tu l'aimes vraiment, ta grand-mère, hein ? C'est plate ce qui lui arrive.*

La relation que Sarah entretenait avec mamie Loulou avait toujours été magique. Dès le moment où Lyne et David étaient descendus de l'avion avec leur petite poupée japonaise de trois ans, Louise l'avait prise dans ses bras et avait instantanément créé un lien éternel, indéfectible avec l'enfant.

Enseignante retraitée, Louise refusait régulièrement des journées de suppléance pour s'occuper de Sarah, l'emmener faire des balades dans le Vieux-Québec, aux Galeries de la Capitale, sur les plaines d'Abraham. C'est d'ailleurs lors d'une de ces balades que Louise avait trouvé la superbe maison qu'habitait maintenant la famille Lachance-Duvall à quelques pas du château Frontenac. Plus tard, Louise avait initié Sarah aux musées, au théâtre en s'abonnant avec elle à la programmation des Gros Becs, à la musique classique en l'emmenant régulièrement à des concerts au Grand Théâtre de Québec. Sarah était devenue la cospectatrice de Louise, autant quand grand-papa Léopold vivait – lui qui n'était pas très friand de manifestations artistiques – qu'après son décès – moment qui cimenta la symbiose entre la grand-mère et sa petite-fille. Louise avait également fait beaucoup de recherches sur le

Japon, sur la ville de Nagano où était née Sarah, sur les us et coutumes japonais, question d'aider sa fille et son gendre à transmettre à leur enfant les traditions et l'histoire de son pays d'origine.

— *Elle va aller mieux*, répondit Sarah à son amie. *Il faut juste qu'on lui trouve un bon physiothérapeute dans un centre où elle sera bien.*

Jolane envia la relation privilégiée que Sarah entretenait avec Louise, elle qui n'avait pas connu ses grands-parents.

— *Est-ce que c'est parce que tu es adoptée que ta grand-mère t'aime tant que ça?*

Sarah fronça les sourcils, intriguée par la question pour le moins étrange.

— *Je ne sais pas. Il paraît qu'elle a toujours dit à ma mère que j'étais la préférée de ses petits-enfants. Je n'ai jamais compris pourquoi, mais nous avons toujours été proches. Elle est quand même très gentille avec mes cousins et mes cousines, mais… avec moi, c'est spécial.*

Sarah retourna à sa lecture sur Internet en attendant la prochaine réponse de Jolane, mais celle-ci prit beaucoup de temps avant de réagir. Enfin, le tintement familier résonna.

— *Francis fait dire qu'il a donné ton adresse courriel à Simon, et qu'il devrait bientôt…*

Autre sonnerie Talk2Me. *«Simon P. vient de vous ajouter à sa liste d'amis. Pour l'accepter, cliquez ici.»*

— *… te demander de l'accepter dans tes amis.*

Affolée, Sarah retira ses mains du clavier comme s'il avait été brûlant. Simon était là? En ligne? En même temps qu'elle? Elle n'avait qu'à l'accepter dans sa liste pour qu'il commence à clavarder avec elle? La panique!

— *Aaaaahhh! Pourquoi vous avez fait ça? Je ne vous ai rien demandé! Je ne veux pas lui parler. Je suis trop gênée. Je ne sais pas quoi lui dire. Est-ce qu'il sait que je suis à l'ordinateur?*

Jolane ne connaissait pas vraiment la réponse à cette question, mais elle décida de jouer le tout pour le tout.

— *C'est sûr. Il* chatte *avec Francis depuis tantôt et il sait que je* chatte *avec toi.*

Sarah se sentit piégée. Elle n'avait donc d'autre choix que de *cliquer ici*? Grrr…

Presque instantanément, Simon P. fut ajouté à sa liste de contacts Talk2Me et, quelques secondes plus tard…

— *Hé, salut, Sarah… Ça va?*

L'interpellée avait l'impression d'entendre la voix de Simon, comme s'il avait dit les mots au lieu de les taper. Il ne faisait qu'entreprendre la conversation avec les mots les plus ordinaires et banals de l'histoire du clavardage, mais Sarah les redécouvrait avec un étrange bonheur.

— *Très bien, et toi?*

Sarah retint son souffle pendant que Simon lui répondait.

— *Super. Je suis content que tu m'aies accepté. Tu te couches tard.*

— *J'aime me coucher tard. J'aime la noirceur et ses mystères. Je crois que, dès que le soleil se couche, tout devient possible. Comme si l'obscurité nous offrait la chance d'aller au bout de nos rêves, de nos désirs. Je suis une enfant de la nuit.*

Dès qu'elle appuya sur ENTRÉE, Sarah se mit à relire ce qu'elle venait de confier à Simon. Un sentiment étrange l'envahit. Elle avait donné à Simon un laissez-passer illimité à son univers intime et personnel, un privilège réservé seulement à une autre personne : Jolane. Bon, bien sûr, il y avait Lyne, David, Louise et Francis qui avaient des laissez-passer aussi, mais… leurs cartes privilèges limitaient l'accès à certaines salles virtuelles.

— *Wow! C'est* cool. *Moi aussi, j'adore la nuit. J'aime lire dans le noir avec une lampe de poche, écrire dans le noir avec une petite lumière de rien, m'asseoir dans le noir et juste écouter les bruits de la nuit. Autant dehors qu'à l'intérieur. Je le fais souvent seul, mais j'aimerais bien le faire avec toi, un moment donné.*

Sarah clavardait depuis plus de deux ans avec ses amis, ses cousines et ses cousins, mais c'était la première fois qu'elle entretenait une vraie conversation privée. Son cœur chavira. Elle sentit qu'elle entrait dans un autre monde. Que sa vie ne serait plus jamais la même. Elle recula de son clavier pour s'adosser à sa chaise et relire le dernier paragraphe de Simon. Elle inspira profondément et eut l'étrange impression de sentir l'odeur du gel que Simon passait quotidiennement dans ses cheveux. Elle fronça les sourcils et regarda autour d'elle. Simon n'était pas là. Seulement son énorme ourson en peluche qui était affalé sur la berceuse dans le coin de sa chambre et qu'elle n'avait pas serré dans ses bras depuis des lunes. Elle revint à son clavier pour taper :

— *Ma réponse est oui.*

†

Quelques heures plus tard, même si elle aurait dû souffrir d'un manque de sommeil considérable, Sarah se leva tôt, fit sa toilette et engloutit rapidement son petit-déjeuner comme si elle était en retard pour l'école. Pourtant, en ce pluvieux samedi matin d'octobre, ce n'est évidemment pas au Petit Séminaire qu'elle s'en allait, mais bien à l'hôpital, comme elle l'avait promis à ses parents.

Son parapluie bien en main, elle marcha d'un pas déterminé jusqu'à la porte Saint-Jean et prit l'autobus au terminus, tout près du Capitole. Une heure plus tard, elle entrait dans la chambre de sa grand-mère à l'hôpital Saint-Sacrement.

— Coucou, mamie Loulou, chuchota-t-elle pour éviter de réveiller la dame qui partageait la chambre de l'octogénaire.

Le visage de la grand-mère de Sarah s'illumina instantanément. Elle aurait reconnu cette voix au milieu de la foule massée sur la place Saint-Pierre de Rome pour la traditionnelle messe pascale.

— Sarah, ma chérie ! dit la voix éraillée, mais agréablement surprise de l'aïeule qui n'avait pas parlé depuis quelques heures. Tu… Qu'est-ce que tu fais là ? Tes parents…

Sarah embrassa sa grand-mère en se penchant sur son fauteuil.

— Non, chantonna-t-elle fièrement. Je suis venue toute seule. En autobus. Comme une grande.

Louise inspira profondément, impressionnée et touchée.

— Juste pour me voir ? Mais tu as sûrement mieux à faire un samedi matin, voyons !

Sarah serra sa grand-mère dans ses bras en prenant soin de ne pas lui faire mal. Le petit corps frêle de Louise semblait plus fatigué, plus âgé qu'avant son entrée à l'hôpital, mais Sarah garda son sourire et son enthousiasme.

— C'est toi la personne la plus importante dans ma vie, mamie, lança-t-elle spontanément, ce qui provoqua le rire de Louise.

— Il y a sûrement un jeune homme plus beau et plus jeune que moi à qui tu penses davantage qu'à ta vieille mamie, non ?

Sarah rougit de pied en cap et baissa les yeux.

— Je le savais bien, enchaîna Louise. Ça me fait plaisir. C'est tellement merveilleux, avoir un amoureux.

Sarah interrompit rapidement sa grand-mère.

— Il n'est pas mon amoureux ! Il est… gentil, c'est tout.

— Et *cute* aussi, j'imagine ?

— Mamie! Franchement!

— Ben quoi! Je suis vieille, mais je ne suis pas morte!

— Je vois bien ça!

Les deux complices éclatèrent de rire et se regardèrent en se faisant *chuttt!* en chœur lorsque madame Chartier gémit et changea de position dans son sommeil.

— Hé que ça me fait du bien que tu viennes me voir!

Le sourire de Louise en disait long. Sarah avait eu beau lui rendre visite après l'école le mardi précédent, Louise aurait voulu la voir plus régulièrement. Évidemment consciente que Sarah avait mieux à faire que de venir la voir tous les jours, elle se tut et profita pleinement de la présence de sa petite-fille préférée.

— Moi aussi, ça me fait du bien de venir te voir, mamie. Je t'aime.

Pendant deux heures, Sarah et Louise se racontèrent leur semaine. La plus jeune ne cacha rien à la plus vieille des émotions fortes qu'elle avait ressenties depuis que Simon lui avait remis sa lettre. Elle raconta à sa grand-mère, dans les menus détails, leur conversation sur Talk2Me la nuit dernière, y allant tour à tour d'un «pis là, il m'a dit…» et d'un «pis là, je lui ai dit…»

Louise contribua généreusement à la conversation à coup d'anecdotes de sa jeunesse, tant de l'époque pré-Léopold que de la période entourant sa rencontre avec le grand-père de Sarah. La jeune fille but les paroles de son aînée, même quand cette dernière lui racontait des histoires qu'elle avait déjà entendues, parce que Louise ajoutait toujours des éléments qu'elle avait omis auparavant.

— Tu ne m'avais jamais dit ça ! lançait régulièrement Sarah qui n'en revenait pas de constater à quel point sa grand-mère avait connu une vie palpitante « pour une vieille ».

Louise sourit et fit un clin d'œil coquin à Sarah.

— Je n'ai pas toujours été vieille, tu sauras. Et pas plus tard que ce matin, à la cafétéria, il y a un petit jeune de soixante-dix-neuf ans qui m'a fait de l'œil.

Sarah feignit l'indignation.

— Mamie ! Tu n'y penses pas ! Il a huit ans de moins que toi ! Tu imagines si je sortais avec un garçon de quatre ans et demi ? Ça n'aurait pas d'allure, franchement !

Sarah tenta de soutenir le regard de sa grand-mère en gardant son sérieux, mais après quelques secondes les deux éclatèrent d'un rire qui réveilla une madame Chartier complètement déboussolée.

— Qu'est-ce que tu dirais de manger avec moi à la cafétéria, ce midi ? lança Louise à Sarah en jetant un œil à sa montre. Avais-tu autre chose à faire aujourd'hui ? Un rendez-vous avec ton beau Simon ?

Sarah fronça les sourcils en regardant sa grand-mère droit dans les yeux.

— Non, je n'ai pas rendez-vous avec Simon. Je vais le voir à l'école lundi. Pas avant. Si tu n'arrêtes pas de me taquiner avec ça, je vais aller trouver ton monsieur Potvin et je vais lui dire que tu as un *kick* sur lui.

Louise se tapa la cuisse droite trois fois comme une écolière excitée et s'exclama :

— Tu ferais ça pour moi? Ah! J'espère qu'il sera encore à la cafétéria ce midi!

Surprise par la réaction de sa grand-mère, Sarah tourna les yeux au plafond et soupira, découragée :

— Il n'y a vraiment rien à faire avec toi, hein?

Elle agrippa ensuite les poignées du fauteuil roulant de sa grand-mère et se dirigea vers l'ascenseur.

Ensemble, Sarah et Louise partagèrent le repas du midi. La jeune fille quitta l'hôpital après avoir mis du soleil dans le cœur de sa grand-mère.

CHAPITRE 7

Killester, 13 octobre

— Si tu cries, tu gâcheras tout, susurra le mystérieux étranger à l'oreille d'Elizabeth.

Convaincue qu'elle avait affaire à un violeur, la jeune femme mit en pratique un des trucs qu'elle avait entendus à la télé. «Donnez à votre agresseur l'impression que vous vous soumettez à sa volonté et, dès qu'il relâche un peu son emprise, frappez-le de toutes vos forces avec votre genou, votre coude, votre poing, votre pied… directement dans les parties intimes!»

Elle feignit de s'assoupir dans les bras de l'homme et, dès qu'elle sentit qu'il la tenait un peu moins fort, elle lui ramena son genou solidement dans l'entrejambe. L'homme demeura imperturbable. Elizabeth eut une seconde d'étonnement avant de se mettre à frapper à coups de poing les épaules et le visage de l'assaillant. Encore une fois, l'homme conserva son flegme. Elizabeth pensa à un vieux film de Bruce Lee qu'elle avait vu avec son frère lorsqu'elle avait sept ans et décida d'administrer un bon coup de karaté au côté gauche du cou de l'oppresseur. Toujours rien.

Placide, l'homme, qui semblait drapé dans une longue cape noire, sourit à Elizabeth.

— Tu as terminé maintenant ?

Elizabeth s'avoua vaincue et ferma les yeux pour dire à l'homme qu'elle ne résisterait plus. Comment cet étrange personnage pouvait-il recevoir de tels coups sans ressentir la moindre douleur ou, à tout le moins, sentir monter en lui une colère quelconque ? Voyant qu'Elizabeth se calmait, il retira sa main de la bouche de la jeune fille.

— Vous… Je vous ai frappé dans…

Elizabeth s'interrompit, trop timide pour prononcer devant un étranger les mots vulgaires qu'elle aurait utilisés pour nommer l'appareil génital masculin.

— Je vous ai donné des coups de poing, poursuivit-elle. C'est comme si vous n'aviez rien senti.

L'homme sourit.

— Je ne suis pas là pour sentir les choses, seulement pour transmettre des informations et… accomplir une mission.

Malgré elle, Elizabeth entendit le thème musical de *Mission : Impossible* dans sa tête. Elle se dit qu'elle avait trouvé Tom Cruise beaucoup plus séduisant en méchant dans *Entretien avec un vampire* qu'en héros dans *Mission : Impossible*.

Elle secoua la tête pour chasser cette pensée qu'elle jugeait idiote dans les circonstances.

— Votre mission?

— D'abord, permettez-moi de me présenter, répondit l'homme sur un ton plus officiel. Je m'appelle Maximilian Bradley. Je suis huissier et je suis envoyé par votre père.

— *Shit!* s'exclama Elizabeth. Il savait depuis le début que je préparais une fugue?

Un sourire grimaçant se dessina sur le visage de Bradley.

— Je ne parle pas de votre père adoptif, miss Elizabeth. Je parle de votre père biologique.

Dans sa tête, Elizabeth se mit à voir des spermatozoïdes fringants qui nageaient frénétiquement vers un ovule lumineux… comme des comètes fonçant sur une grosse boule de feu, un soleil ardent.

— Vous avez été adoptée… lorsque vous étiez bébé, précisa Bradley en constatant petit à petit qu'Elizabeth n'avait aucune idée de quoi il parlait. Monsieur et madame Gurney ne sont pas vos parents biologiques.

Elizabeth demeura muette. Les mots qui sortaient de la bouche de cet étranger étaient troublants, bouleversants, renversants, mais plus elle l'écoutait parler, plus les pièces du gigantesque puzzle qu'était sa vie semblaient se mettre en place.

Voyant qu'Elizabeth était prête à recevoir les prochaines phrases, les prochaines informations, Bradley poursuivit:

— Vous êtes née à Londres. Votre mère, Lucy Clayton, était fleuriste. Elle est décédée quelques jours après votre naissance. Des complications liées au diabète de grossesse. On vous a confiée à une… agence d'adoption. Enfin… sa fondatrice se plaisait à l'appeler ainsi…

— Qu'est-ce que vous voulez dire ? demanda Elizabeth, curieuse.

Bradley hésita, mal à l'aise.

— Vos parents… adoptifs… ont fait les choses convenablement. Ils ne savaient pas qu'ils adoptaient un bébé volé. Ils l'ont appris plusieurs années plus tard.

Elizabeth reçut cette information supplémentaire comme une droite au menton.

— Volé ? répéta-t-elle, le souffle coupé.

Bradley se ravisa.

— Vous étiez orpheline… alors vous n'apparteniez à personne. Mais…

Tout se bousculait dans la tête d'Elizabeth et elle voulut en arriver au but.

— Cette femme… cette directrice d'agence… Elle… elle m'a prise et elle m'a… vendue ?

Bradley baissa la tête.

— J'ai été… achetée par mes parents ?

— Ils ne l'ont pas vu ainsi. Ils croyaient qu'ils suivaient les procédures normales, qu'ils adoptaient légalement un petit frère pour…

— Un petit frère ? interrompit Elizabeth.

— Un petit frère, oui. Vous… deviez être un garçon… en ce sens que… monsieur et madame Gurney souhaitaient adopter un frère pour Michael…

— Je devais être un garçon ? souffla Elizabeth, incrédule.

Toute son enfance défila devant ses yeux et Elizabeth se rappela combien elle avait voulu être un garçon. Elle se souvint des heures et des heures passées avec son grand frère Michael à jouer à tous les sports de garçon avec les autres garçons du voisinage. Elle revit sa mère – à cette époque-là, Elizabeth devait avoir six ou sept ans – tenter de lui enfiler une robe et de lui coiffer les cheveux à la manière d'une princesse. Comme si, après avoir élevé un garçon manqué pendant sept ans, elle avait réalisé soudainement qu'il fallait en faire une demoiselle. Oh, comme Elizabeth avait résisté !

— Monsieur et madame Gurney avaient émis le souhait d'adopter un garçon, oui… Ils voulaient un petit frère pour Michael, étant donné que madame Gurney ne pouvait plus enfanter.

Elizabeth se rappela toutes les fois qu'elle avait demandé à sa mère un petit frère ou une petite sœur. Un regard triste se détournait d'elle. Elle comprit alors que sa mère ne cherchait pas seulement à camoufler sa peine, mais aussi son mensonge. Ce mensonge qu'il aurait fallu garder pour l'éternité et qui, aujourd'hui, semblait éclater au grand jour… sans que ses parents ne soient au courant.

Une autre réflexion heurta Elizabeth de plein fouet.

— Est-ce que Michael sait que j'ai été adoptée ? Je…

Elizabeth se sentit tout à coup étourdie. « Il le savait sans doute, se dit-elle en guise de réponse à sa propre question. Comment n'aurait-il pas pu le savoir, à l'âge qu'il avait quand je suis arrivée ! »

— Je ne saurais vous répondre à ce sujet, dit Bradley, penaud.

— Mes parents savent-ils que vous êtes ici ?

— Vos parents sont morts, miss Elizabeth.

Exaspérée et atterrée, Elizabeth s'exclama :

— Pas mes parents bios, mes parents adoptifs !

Les mots étaient sortis si naturellement, comme si elle avait toujours su qu'elle avait été adoptée.

— Non. Ils ne savent rien de ma visite. Je suis venu vous chercher pour que vous assistiez à la lecture du testament de votre père.

Elizabeth fut prise d'un fou rire nerveux.

— Mais qu'est-ce que vous racontez ? On dirait un vieux roman d'Agatha Christie.

La jeune femme jeta un coup d'œil à sa montre et sentit une colère monter en elle.

— Ôtez-vous de mon chemin. Je vais manquer mon train.

Elizabeth tenta de contourner Bradley, mais ce dernier s'interposa.

— Vous ne pouvez pas partir.

— Laissez-moi tranquille ! Je suis attendue !

— Oui. Au château de votre père en Transylvanie.

Elizabeth éclata de rire.

— Bien sûr ! Et j'imagine que vous allez me dire que mon père était le comte Dracula ?…

Bradley regarda Elizabeth sans broncher jusqu'à ce que les yeux rieurs de la jeune femme rejoignent les siens. Le sourire d'Elizabeth tomba sur-le-champ.

— J'ai le mandat de vous amener avec moi ce soir… pour que vous puissiez recevoir ce qui vous revient de plein droit.

L'impatience d'Elizabeth monta d'un cran.

— Non mais, vous me prenez pour une imbécile ? Au moins, lorsque je reçois des courriels d'Afrique me disant que je pourrais recevoir un pourcentage d'une dot faramineuse ou d'un héritage astronomique, on ne me dit pas que je suis la descendante d'un personnage fictif !

— Votre père n'était pas un personnage fictif. Les ravages qu'il a causés se font encore sentir aux quatre coins de la planète. Maintenant, il n'est plus. Mais il a laissé une fortune considérable dont vous êtes l'une des bénéficiaires.

Elizabeth tiqua.

— Une des… Vous voulez dire que…

— Vous avez un frère aîné et une sœur cadette.

Non seulement Elizabeth n'arrivait pas à croire ce que tentait de lui faire avaler Bradley, mais elle avait des choses plus pressantes à faire, comme en témoignait son sac fourre-tout qui devenait de plus en plus lourd sur ses épaules.

— Regardez-moi bien, monsieur Bradley, parce que c'est la dernière fois que vous me verrez. Fichez le camp avant que j'appelle mes parents ou la police. Si c'est votre façon d'approcher les jeunes femmes pour les séquestrer et les violer avant de les couper en petits morceaux, j'avoue que c'est très habile, mais je ne suis pas née de la dernière pluie. Maintenant, poussez-vous de mon chemin.

Bradley la laissa passer avant d'ajouter :

— Les violeurs préparent rarement des papiers légaux pour leurs victimes potentielles.

Elizabeth s'arrêta net.

— La fortune de votre père est évaluée à plus de cent millions d'euros. En plus du château dans les Carpates et des lingots d'or, vous deviendrez copropriétaire de l'abbaye de Carfax en Angleterre, non loin de l'endroit où vous êtes née…

Elizabeth revint sur ses pas et souffla, à deux centimètres du nez de Bradley :

— Laissez-moi tranquille ! Je suis attendue à la gare de Killester. Mon amoureux s'impatiente… et il n'y a que lui qui *compte* pour moi… sans jeu de mots !

Elizabeth fit un sourire ironique et frondeur à Bradley avant de tourner les talons et de s'éloigner d'un pas décidé.

— Tu voulais fuir la maison… Je t'offre une occasion… en or… sans jeu de mots.

Elizabeth s'arrêta net à nouveau. Elle commençait à en avoir vraiment marre de cet emmerdeur.

— Avec la lettre que tu viens d'écrire à tes parents, enchaîna Bradley, tu as beau jeu de faire une fugue qui n'en est pas vraiment une.

Comment cet étrange personnage savait-il qu'elle avait écrit une lettre à ses parents? Il l'avait sans doute espionnée par la fenêtre de sa chambre. Il avait proba-blement escaladé les treillis comme elle le faisait quand elle était petite, puis il avait surveillé ses moindres gestes, ses moindres mouvements. Espèce de vieux pervers!

Elizabeth tourna encore les talons et fonça sur son interlocuteur pour lui crier au visage:

— C'est avec Rick que je veux partir. Pas avec vous!

Elizabeth repartit à nouveau d'un pas rapide en marmonnant: «Je vais manquer mon train avec toutes vos conneries!»

— Le train, c'est un moyen de transport sympa-thique, mais… n'as-tu pas toujours préféré… voler?

L'adolescente ne se retourna même pas, voyant bien qu'elle n'aurait jamais le dernier mot et que Bradley semblait seulement vouloir la retarder. En arrivant au bout de la cour arrière de la maison, qui débouchait sur une ruelle, Elizabeth poussa violemment la barrière et sentit ses pieds quitter le sol. Pendant une seconde, elle crut que sa colère et sa détermination la faisaient flotter, mais elle réalisa rapidement qu'elle survolait son quartier!

À la fois émerveillée et terrifiée, Elizabeth sentit que Bradley la tenait solidement par son sac fourre-tout et qu'il la transportait dans les airs comme si elle avait été une plume légère.

Elle dut se rendre à l'évidence. Cet homme possédait des pouvoirs surnaturels contre lesquels il lui serait impossible de se battre. À sa grande surprise, elle se détendit. Elle se sentait en confiance dans les bras de Bradley.

— Tu me crois maintenant?

Elizabeth ne répondit pas. Bradley sourit.

— *Enjoy the ride!*

À quelques dizaines de mètres du sol, malgré la noirceur de la nuit, Elizabeth reconnut son école, la maison de son amie Samantha, le parc où elle avait tant joué lorsqu'elle était enfant, la rue en pente raide où Michael avait fait une expérience avec son tricycle, lançant sa petite sœur du sommet pour «voir ce que ça donnerait». Plusieurs points de suture plus tard, Elizabeth avait gardé un souvenir indélébile de cette aventure.

Plus haut encore, la jeune femme aperçut la gare de Killester et eut un pincement au cœur. Rick lui pardonnerait-il ce départ hâtif? En comprendrait-il les circonstances? se demanda Elizabeth, les larmes aux yeux.

Plusieurs centaines de mètres plus loin, Elizabeth réalisa qu'elle ne survolait plus la terre ferme. Soufflés par des vents étouffants, Bradley et elle planaient au-dessus de l'océan. Puis, ils atteignirent la Grande-Bretagne…

CHAPITRE 8

New York, 14 octobre

En ouvrant les yeux, le lendemain matin, Milos sourit en apercevant Océane dormant à ses côtés. Si la jeune femme n'avait pas été profondément endormie, elle aurait sans doute pu s'imprégner de tout l'amour qui se lisait dans le regard de son hôte. Jamais Milos ne s'était senti aussi investi dans une relation… même s'il se demandait encore s'il s'agissait réellement d'une relation! Il n'avait jamais manqué d'amantes, avait même été étourdi par le nombre de femmes et de filles qui recherchaient sa compagnie, son affection, le confort de son lit. Il aimait sa vie. Il aimait la liberté que lui offrait la ville de New York, la vie nocturne de la mégalopole. Il aimait ces rencontres nombreuses, ces jolies filles et ces magnifiques femmes, petites, grandes, minces, rondes, rousses, blondes, noires, occidentales, orientales. Il ne se lassait pas de sillonner les rues de la *Big Apple* où tant de beaux spécimens de la gent féminine résidaient et travaillaient.

Mais, dans ses yeux, l'image d'Océane roupillant paisiblement lui donnait l'impression que tout allait changer, que tout allait basculer. Et, à sa plus grande surprise, cette instabilité soudaine et cette vulnérabilité jusque-là inconnue ne lui faisaient pas peur.

Tendrement, Milos se pencha sur Océane et posa ses lèvres sur celles de sa bien-aimée. Celle-ci répondit au baiser, sans ouvrir les yeux, mais en poussant de petits gémissements de satisfaction. Milos balaya délicatement les cheveux d'Océane qui rayaient sa joue gauche et l'embrassa encore en chuchotant :

— Excuse-moi. Je ne voulais pas te réveiller. Continue de dormir. Je reviens tout de suite.

Sans ouvrir les yeux, Océane chercha les lèvres de Milos avec sa bouche entrouverte en prenant doucement le jeune homme par le cou avant de l'embrasser à nouveau. Malgré le sommeil qui ne voulait pas lui rendre sa liberté, le corps d'Océane était désormais empreint de souvenirs indélébiles des moments passés avec Milos quelques heures plus tôt. Son désir de retourner sur le chemin de l'abandon et de l'extase était criant.

— J'ai faim, souffla Milos pour excuser son départ.

— Moi aussi, marmonna Océane avec un sourire coquin.

Milos déposa un dernier baiser sur les lèvres d'Océane avant de se libérer de l'emprise de son amante.

— Dors, mon amour. Je reviens tout de suite.

Avait-il vraiment dit «mon amour»? Océane l'avait-elle entendu? Milos réfléchit un moment en regardant la jolie Française avant de se dire: «Tant mieux si elle m'a entendu. Si c'est sorti si spontanément, c'est sans doute ce que je ressens vraiment. »

Milos sortit discrètement de la chambre après avoir enfilé le jean qui traînait sur le fauteuil dans le coin de la pièce. Il avait envie de gâter Océane, de lui offrir un copieux déjeuner, d'être galant, romantique, amoureux.

En sortant de l'appartement, Milos sourit en apercevant le loup qu'il avait suspendu à la poignée de la porte. Matthew et lui s'étaient entendus pour que ce loup soit le signe demandant à l'autre de ne pas entrer dans l'appartement, un symbole qui agissait à titre d'affiche « NE PAS DÉRANGER »… mais en plus discret ! Comme Océane dormait toujours, Milos choisit de laisser le loup en place. Après tout, Matthew n'allait sûrement pas rentrer très tôt… à moins que les choses aient mal tourné avec Kevin.

Milos quitta le sixplex avec un sourire de satisfaction. Au milieu des klaxons et de la cacophonie des voitures et des camions qui sillonnaient les rues de New York, le jeune homme réalisa qu'il était comblé comme il ne l'avait jamais été. Pas de doute qu'il avait toujours été heureux, chanceux, choyé à tous les points de vue, mais… il avait atteint un nouveau palier en rencontrant Océane. Il avait l'impression qu'elle était son âme sœur, celle avec laquelle il allait faire un bon bout de chemin. Toute sa vie ? Ça restait à voir, évidemment, mais cette réflexion ne lui donna pas le vertige… ce qui était quand même un bon signe, non ?

Porté par son amour pour Océane, Milos courut deux ou trois coins de rue avant d'arriver chez Daniel's Bagels, un petit restaurant-boulangerie de la 3ᵉ Avenue. Le jeune homme fréquentait régulièrement l'endroit parce qu'il était fou de ses nombreuses variétés de bagels et parce qu'il y était habituellement servi rapidement. Comme la patience n'était pas une de ses plus grandes vertus, lui et Daniel's Bagels étaient faits pour s'entendre!

En ce samedi matin, le comptoir du commerce était étonnamment tranquille. Milos se rappelait certains jours où il avait même renoncé à y placer sa commande parce qu'il n'avait pas voulu attendre.

Dans le temps de le dire, il était sur le chemin du retour avec un sac de provisions rempli d'une abondance de délices. Après tout, il ne connaissait pas encore en détail les goûts de la belle Océane. Il avait donc misé sur des valeurs sûres. L'employé derrière le comptoir avait dû croire qu'il achetait pour une grosse famille!

Arborant toujours un sourire fendu jusqu'aux oreilles, Milos traversa imprudemment la 3ᵉ Avenue, s'attirant les klaxons agressifs des automobilistes et des *cabbies* new-yorkais. Amoureux, le grand blond se croyait invincible ce matin-là.

En s'engageant sur la 37ᵉ Rue, Milos aperçut tout de suite une limousine garée devant son immeuble. «Pas déjà un producteur hollywoodien qui vient me kidnapper pour m'offrir une carrière au cinéma?» plaisanta-t-il en lui-même en se rappelant le plaisir qu'il avait eu à jouer devant l'écran du *Picture Show* la veille.

Il tenta de voir à l'intérieur de la voiture surdimensionnée, mais n'y parvint pas à cause des vitres teintées. Qui pouvait bien avoir garé un tel véhicule devant son immeuble ? Milos chassa les idées folles qui se bousculaient dans sa tête et passa la porte du sixplex.

En se rendant à son appartement, il ne croisa personne. Les couloirs de l'immeuble étaient si tranquilles qu'il conclut que l'occupant de la limousine s'était sans doute rendu dans un autre édifice. Un rictus démoniaque apparut soudain sur le visage du jeune homme. Il allait jouer un tour à Océane. Il déposa son sac de provisions près de la porte, décrocha le loup de la poignée pour le glisser dans le sac et entreprit de se dévêtir. Il allait entrer dans l'appartement flambant nu et sauter dans le lit comme un enfant le matin de Noël !

Il retira d'abord son coupe-vent qu'il laissa tomber près de son sac avant de croiser les bras sur son ventre pour enlever rapidement son t-shirt. De plus en plus fébrile et amusé, il détacha le bouton de son jean et baissa le pantalon vers ses genoux, en se rappelant qu'il n'avait pas pris la peine d'enfiler un sous-vêtement sous le denim. Il réalisa alors qu'il aurait de la difficulté à passer le pantalon autour de ses chevilles s'il ne retirait pas d'abord ses baskets, ce qu'il entreprit de faire en poussant le talon de la chaussure gauche avec le bout de la chaussure droite. Soudain, une voix masculine caverneuse monta derrière lui :

— Milos Menzel ?

Littéralement pris les culottes baissées, Milos sursauta et se tourna rapidement vers son interlocuteur arrivé de nulle part. Il trébucha dans son pantalon baissé et tomba, fesses nues contre le plancher froid du couloir.

Devant lui, Milos aperçut un homme austère. Rufus Cartwright faisait près de deux mètres, mais semblait en faire trois tant il était maigre et longiligne sous son interminable manteau long de cuir noir boutonné jusqu'au cou et dont la nuque était cachée dans le col relevé. La teinte sombre du pardessus accentuait la pâleur de son visage exsangue aux traits tirés. Milos fut saisi d'une frousse peu commune et prit quelques secondes avant de réaliser que ses parties génitales étaient exposées au regard impassible du troublant géant. Sans se relever, le jeune homme agile remonta rapidement son jean et recula sur le dos, à quatre pattes, à la manière d'un bernard-l'ermite.

— Je suis passé hier soir, mais vous étiez sorti, entreprit calmement monsieur Cartwright. Je vous ai laissé une note.

Les yeux écarquillés comme s'il était en présence d'un fantôme, Milos balbutia :

— Oui… je l'ai vue. Vous… qui êtes-vous ? Nous nous connaissons ?

Toujours aussi froidement, monsieur Cartwright répondit :

— Non. Je m'appelle Rufus Cartwright. Je viens pour affaires.

L'imagination de Milos se mit à galoper. Que pouvait bien lui vouloir cet homme mystérieux ? S'agissait-il d'un percepteur venu lui casser les jambes parce qu'il devait de l'argent à quelqu'un ? Pourtant, Milos n'avait jamais fait affaire avec un prêteur sur gages louche…

— Quel genre d'affaires? demanda-t-il en se relevant lentement, comme s'il craignait que son interlocuteur interprète ses mouvements comme une menace et qu'il tire une arme de la poche de son manteau impressionnant.

— Votre père est mort, monsieur Menzel, énonça platement Cartwright. Je viens vous chercher.

La tête de Milos se mit à tourner et, après quelques secondes, incrédule, il poussa un petit rire nerveux.

— Mon père? Mais voyons! Mon père ne peut pas être mort. Je lui ai parlé… jeudi. Jeudi soir. Il disait être en pleine forme, que tout allait bien, qu'il était fier de moi, qu'il avait hâte de me voir pour les fêtes de Noël…

— Je parle de votre père biologique, monsieur Menzel, interrompit l'étrange visiteur.

Milos commençait à croire à une plaisanterie orchestrée par des confrères et consœurs de l'Academy. Pouvait-il s'agir d'un tour pendable de Matthew? Ce ne serait pas la première fois qu'il se faisait avoir, mais…

— Mon père biologique? répéta Milos en esquissant un sourire. Mais oui. Mon seul et unique père. Vaclav Menzel de Melnik en République tchèque, mari de Grazia Menzel, ma mère. Qui vous envoie?

Sans plus de cérémonie, Rufus Cartwright précisa nonchalamment:

— Vous me parlez de votre père adoptif. Je vous parle de votre père biologique. Le comte Vladislav Dracula.

Milos éclata d'un rire cristallin qui fit écho sur les murs du couloir. Celle-là, c'était la meilleure ! Milos, le fils d'un vampire ! Les images incontournables de tous les acteurs ayant incarné le célèbre comte vinrent à l'esprit de l'étudiant en cinéma. Max Schreck, le premier Nosferatu, Bela Lugosi, Christopher Lee, Frank Langella, jusqu'à Gary Oldman dans la version du légendaire Francis Ford Coppola ! Mais oui ! Il était le fils du roi des vampires, le plus célèbre buveur de sang humain des temps modernes ! Pourquoi pas ? Après tout, n'aimait-il pas errer la nuit dans les rues de Manhattan ? N'aimait-il pas mordiller le cou des belles femmes qu'il attirait sournoisement dans son lit ? N'avait-il pas un faible pour les viandes rouges saignantes ? Non, vraiment, la blague était très bonne.

— Je suis le fils biologique du comte Dracula ? répéta Milos, incrédule. Et ma mère ? Qui est ma mère ? Cléopâtre ? Hélène de Troie ? La fée des dents ?

Milos s'intéressa tout à coup au maquillage de l'acteur qu'on avait embauché pour le piéger. Cette pâte blanche qui barbouillait son visage semblait très réaliste. Il s'avança vers monsieur Cartwright pour poser son doigt sur le fond de teint clownesque et fut saisi d'un frisson. Il ne s'agissait pas de maquillage… et la peau glaciale de l'homme rappelait celle d'un cadavre.

— Votre mère biologique est la comédienne américaine Elena Mankiewicz, annonça monsieur Cartwright sans émotion. Elle s'est suicidée quelques semaines après vous avoir confié à un orphelinat roumain.

Milos ne riait plus.

— Ma mère était comédienne? souffla Milos.

Cela expliquerait son imaginaire débridé, sa passion pour l'interprétation, pour le cinéma… Il se ressaisit soudain.

— Non, non, vous dites n'importe quoi. Ma mère est Grazia Menzel, la femme de Vaclav Menzel, entrepreneur de pompes funèbres de la deuxième génération à Melnik en République tchèque, répéta-t-il pour se raccrocher à la réalité qu'il avait toujours connue.

Troublé, Milos fit soudain un lien entre sa fascination pour les morts et les cercueils et celui que monsieur Cartwright disait être son père biologique. Milos croyait qu'il avait toujours été intéressé par les cercueils à cause de la profession de son père… adoptif. Mais si ce que monsieur Cartwright affirmait était vrai?

— Vous héritez d'une somme considérable et vous devez venir avec moi pour la lecture du testament de votre père, poursuivit Cartwright.

Toute cette histoire parut surréaliste aux yeux de Milos qui se rappela qu'Océane dormait de l'autre côté de la porte, dans l'appartement qu'il partageait avec son ami Matthew. C'était ça, sa réalité. Si tout ce que racontait l'homme était vrai, comment expliquerait-il à son nouvel amour qu'il était l'héritier d'un vampire? Comment expliquerait-il à Matthew que…

— Vous me dites que je suis un vampire? lança soudainement Milos à brûle-pourpoint.

— Non, monsieur Menzel. Je vous dis que vous êtes le fils du comte Dracula.

— N'est-ce pas la même chose?

Monsieur Cartwright ne répondit pas. Il regardait Milos dans les yeux comme s'il attendait que celui-ci enfile le reste de ses vêtements et le suive.

— La… la limousine, c'est vous? demanda Milos.

— Votre avion doit quitter l'aéroport de La Guardia dans deux heures. Nous devons faire vite.

Bousculé, Milos protesta.

— Hé ho! Un instant! Je dois préparer ma valise, avertir mon colocataire, expliquer mon départ à…

Milos se tut. Comment devait-il qualifier Océane?

— Malheureusement, vous n'en aurez pas le temps. Nous devons partir tout de suite. Avec cet argent de poche, vous pourrez vous procurer tout ce dont vous avez besoin en arrivant à Bucarest.

— Bucarest? s'exclama Milos.

— C'est là que vous atterrirez, expliqua Cartwright. De là, vous prendrez une voiture qui vous mènera au château de votre père dans les Carpates.

Décidément, cette histoire ressemblait à un film que Milos aurait pris beaucoup de plaisir à tourner, mais qui ne pouvait pas, selon lui, être ancré dans une quelconque réalité.

Quand Milos ouvrit l'enveloppe que lui avait tendue Cartwright, il y découvrit une centaine de billets de vingt dollars américains. Deux mille dollars? Cette histoire abracadabrante commençait à prendre des allures sérieusement concrètes!

— C'est au château de votre père que vous rencontrerez le notaire Harker et vos deux sœurs, termina monsieur Cartwright.

Milos n'en crut pas ses oreilles.

— Mes deux sœurs? s'exclama-t-il.

CHAPITRE 9

Québec, 16 octobre

En ce lundi matin, Sarah bondit de son lit, enthousiaste à l'idée de revoir Simon à son arrivée au Petit Séminaire. Elle s'habilla en vitesse – toujours aussi heureuse de ne pas avoir à trop réfléchir à ce genre de choses grâce à l'uniforme de l'école – et descendit rapidement à la cuisine pour prendre son petit-déjeuner.

— Bonjour, ma chérie, dit Lyne en entrant dans la cuisine comme un coup de vent et en apercevant sa fille qui mangeait des céréales. Ce matin, je n'ai pas la première période, alors je vais en profiter pour aller porter des vêtements à mamie Loulou. Veux-tu que je te dépose très tôt ou préfères-tu marcher ? Tu pourrais revenir avec moi à la fin de la journée.

Sarah repassa son horaire de la journée dans sa tête. Elle se rappela qu'elle avait un entraînement de badminton après l'école.

—Je vais marcher… et je vais revenir à pied ce soir aussi parce que j'ai du *parasco*.

Lyne se versa un café dans une tasse thermos. Elle ramassa ensuite une barre multigrains sur le comptoir, embrassa la tête de sa fille au vol et lança :

— C'est beau, ma chérie. On se voit à l'école tantôt. *Ciao !*

Et elle partit. Sarah secoua la tête en riant, étourdie par le rythme effréné de sa mère.

Après avoir brossé ses dents dans la salle d'eau près de la porte d'entrée de la maison, la jeune fille s'arrêta quelques secondes pour se mirer dans la glace. Elle était plutôt fière d'elle. Ses longs cheveux noirs et soyeux lui avaient bien obéi ce matin et aucune mèche rebelle ne tentait de s'échapper. Son teint était bon malgré le peu de sommeil dont elle avait bénéficié la nuit dernière. Elle devait sans doute à Simon son sourire naturel et radieux, mais… elle avait l'habitude de sourire de toute façon. Elle lissa sa blouse blanche et bomba le torse. Un peu découragée par le développement de sa poitrine qu'elle jugeait trop lent, Sarah expira en laissant retomber ses épaules.

— Simon ne doit pas aimer les gros seins s'il m'a choisie, hein ? se dit-elle à voix haute avant d'éclater de rire en réalisant qu'elle avait parlé fort.

Elle se fit un clin d'œil dans la glace et s'approcha du miroir pour chuchoter :

— Vous finirez bien par pousser quand vous serez prêts.

Elle haussa les épaules en souriant et pivota sur ses talons pour sortir de la salle d'eau. Quelques secondes plus tard, elle passait la porte de la maison et marchait sur la rue Saint-Louis en direction de l'école, son sac à dos en bandoulière.

Au cours de son trajet vers le Petit Séminaire, le pas de Sarah devint de moins en moins pimpant, de moins en moins joyeux. Plus elle avançait vers sa destination, moins elle pensait à Simon et plus elle réfléchissait à la situation de mamie Loulou. Elle s'en voulait tellement de s'être couchée sans avoir trouvé de solution concrète au problème de sa grand-mère.

«Ça ne peut pas rester comme ça», se répétait-elle sans cesse dans sa tête sans regarder où elle marchait.

Après quelques minutes, elle réalisa qu'elle longeait déjà le parc Montmorency, circulant sur le trottoir de la rue Port-Dauphin.

— Ah! Heureusement que mes pieds connaissent le trajet, s'entendit-elle dire à voix haute en sortant de sa torpeur.

Elle jeta un regard autour d'elle pour s'assurer que personne ne l'avait entendue parler toute seule. C'est alors qu'elle remarqua une limousine noire qui roulait très lentement derrière elle. Rapidement, elle détourna le regard malgré sa curiosité. Sarah n'était généralement pas une fille très timide, mais elle ne voulait quand même pas sembler indiscrète non plus. Elle poursuivit sa marche vers le Petit Séminaire en se fabriquant un air nonchalant un peu trop appuyé, mais qu'elle croyait néanmoins efficace. Elle se mit à se demander qui pouvait bien être assis sur la banquette arrière de cette voiture mystérieuse.

«Si j'avais consulté le journal ce matin, je saurais s'il y a un gros spectacle au Capitole ce soir», se gronda-t-elle intérieurement.

Son imagination la transporta dans toutes sortes d'univers et de possibilités. Peut-être était-ce Justin Timberlake ou le beau Marc-André de *Star Académie*? Peut-être était-ce Marie-Mai ou Marie-Ève Janvier? «Non, elles sont trop modestes pour se promener en limousine», se raisonna-t-elle. Peut-être s'agissait-il seulement d'un riche homme d'affaires inconnu du grand public qui avait loué une suite au château Frontenac.

«Oui, c'est sûrement ça», se dit-elle pour mettre fin à toutes ses spéculations inutiles. De toute façon, lorsque la voiture finirait par la dépasser, elle ne pourrait pas voir à l'intérieur à cause des vitres teintées.

— Et si c'était Céline Dion? lança-t-elle à voix haute sans s'en rendre compte.

Abandonnant cavalièrement sa pudeur habituelle, Sarah se tourna vers la voiture pour tenter de voir à travers la vitre. Elle réalisa alors que la limousine longeait maintenant le trottoir, à ses côtés. Elle détourna le regard et se remit à marcher d'un pas décidé, raide comme une barre de fer.

Soudain, la jeune fille entendit la vitre électrique de la voiture se rétracter. Elle tentait de combattre sa folle envie de regarder à l'intérieur lorsqu'elle entendit un homme à la voix caverneuse et à l'accent des pays de l'Est lui adresser la parole.

— Excusez-moi, mademoiselle…

Sarah fit comme si elle n'avait pas entendu et continua à marcher dans l'espoir que l'homme se décourage et passe son chemin. Depuis qu'elle était toute petite, on lui avait toujours dit qu'il ne fallait pas parler aux étrangers. Elle songea à quel point cette consigne était peu respectée par les citoyens de la Vieille Capitale, qui parlaient sans crainte à tout un chacun. Ils s'étaient ainsi forgés l'enviable réputation d'être les gens les plus ouverts et les plus chaleureux du monde entier.

— Mademoiselle? Pardonnez-moi de vous déranger. Je sais que vous devez vous rendre à l'école, mais…

Tout en continuant à marcher, Sarah décida de tourner la tête vers l'homme qui tentait d'établir la communication avec elle. Elle avait pris soin de bien regarder devant elle pour s'assurer qu'elle pourrait faire plusieurs pas sans se buter à un obstacle ou trébucher sur un détritus.

— Oui… et je suis en retard, mentit-elle froidement. Je n'ai pas le temps de vous parler. Excusez-moi. Si vous avez besoin d'indications, il faudra demander à quelqu'un d'autre.

L'homme mystérieux retira ses lunettes de soleil en gloussant et Sarah eut un premier contact avec les yeux de son interlocuteur.

— Il y a plein de gens qui pourront vous…

Sarah s'interrompit, troublée par le regard ensorcelant de l'homme. Elle n'avait jamais vu des yeux comme ceux-là : chaleureux et autoritaires à la fois, ardents et perçants. La jeune fille eut l'impression d'être instantanément hypnotisée.

— Je suis venu vous chercher, Sarah.

La jeune fille ne put s'empêcher de penser qu'elle rêvait. Son cœur se mit à battre la chamade et, dans sa tête, des dizaines de réflexions conflictuelles se bousculèrent.

— Vous venez me chercher? dit-elle, frondeuse. Vous êtes producteur à Hollywood et vous voulez faire de moi la vedette du prochain *High School Musical*? Il faudra que j'améliore mon anglais.

Sarah était fière de son sens de la répartie, et elle eut un moment d'espoir. Ce qu'elle venait d'inventer sur un coup de tête pouvait-il être vrai? Est-ce que cet homme qu'elle ne connaissait pas était un cinéaste influent qui avait enfin trouvé la jolie Japonaise dont il rêvait pour son prochain film? Elle se voyait déjà dansant et chantant aux côtés du beau Zac Ephron! «Wow, attends que je dise ça à Jolane et à…» se dit-elle avant d'être interrompue dans ses pensées par l'inconnu.

— Je viens vous chercher, mais pas pour faire un film. Cependant, si vous venez avec moi, vous pourrez faire tous les films que vous voudrez. Si c'est ce que vous souhaitez…

Sarah se trouva ridicule et, blessée dans son orgueil, elle décida qu'elle garderait le silence en marchant jusqu'au Petit Séminaire. Si ce méchant pédophile kidnappeur de jeunes filles sans défense était encore à ses trousses, elle le…

— Je sais que vous avez été adoptée, Sarah.

Sentant la tension baisser d'un cran, Sarah éclata d'un rire nerveux.

— Tout le monde sait ça, lança-t-elle. Il n'y a pas beaucoup de jeunes filles aux yeux bridés comme moi qui ont des parents biologiques plus blancs que la neige du Québec.

L'homme dans la limousine savait qu'il aurait de la difficulté à convaincre Sarah de le suivre, encore plus de monter dans sa voiture, alors il ne s'impatientait pas.

— Est-ce que tout le monde sait que vous vous appelez Sarah ? demanda-t-il.

L'étudiante s'arrêta net. Puis elle regarda autour d'elle pour s'assurer qu'elle n'était pas seule dans le quartier. Rassurée, elle fixa son interlocuteur droit dans les yeux et lança :

— C'est *sûr* que tout le monde le sait ! C'est mon nom, OK ?

Sarah reprit sa marche, plus déterminée que jamais à ne pas écouter l'homme.

— Est-ce que tout le monde sait aussi que ton vrai prénom est Makiko ? demanda l'étranger, se permettant de tutoyer la jeune fille, question d'établir une familiarité qu'il voulait rassurante mais qui tortura l'esprit de Sarah davantage.

Encore une fois, Sarah s'immobilisa. Cette fois, elle ne se tourna pas vers son interlocuteur. Elle n'avait jamais entendu le prénom que lui avait donné sa mère à sa naissance. Elle ne savait même pas qu'elle en avait eu un! Ou, du moins, elle ne s'en souvenait plus!

— Vous dites n'importe quoi, monsieur! cria Sarah en se tournant brusquement vers la voiture.

Gardant toujours son calme, l'homme de la limousine décida de compléter la phrase de l'étudiante.

— Monsieur Dumitru, Sarah.

Malgré la situation troublante, l'imagination de Sarah l'amena à un endroit qui lui permettait de dédramatiser. « Monsieur Truducu? » se dit-elle en étouffant un rire.

— Je suis Roumain… comme votre père biologique.

Sarah tourna son regard vers l'homme, incrédule.

— Vous êtes d'une grande beauté, comme votre mère japonaise. Mais vous avez aussi du sang roumain.

Encore une fois, Sarah se contenta de garder ses réflexions amusantes pour elle. « Rrrrrou-rrrou… rrrrroucoula le rrrrouge-gorrrrrge rrrrrigolo! »

— La Roumanie? Me prenez-vous pour une idiote, monsieur Dimoutri? lança-t-elle pour se redonner une contenance.

Monsieur Dumitru sourit et choisit de ne pas corriger Sarah. Il aurait bien le temps de lui apprendre à prononcer son nom correctement. Et de toute façon, était-ce vraiment important?

— Vous parlez comme un vampire de film d'horreur avec votre accent à coucher dehors ! enchaîna Sarah, amusée.

Monsieur Dumitru perdit son sourire et regarda Sarah droit dans les yeux. Après un moment, cette dernière comprit que c'était sa façon de lui indiquer qu'elle avait frappé dans le mille. Sarah éclata de rire.

— Mais oui, bien sûr ! s'exclama-t-elle enfin, en frappant ses mains sur ses cuisses. Vous êtes un vampire, mon père est un vampire et moi, je suis un personnage de manga !

Sarah jeta un œil à sa montre avant d'ajouter froidement :

— Je vais être en retard pour mon cours d'espagnol, *señor*. Bonne journée !

Sarah se remit à marcher rapidement, plus détermi-née que jamais à semer la limousine et son passager, mais la voiture la rattrapa tout de suite. Lorsqu'elle réapparut dans le champ de vision de l'étudiante, celle-ci s'exclama, sans ralentir sa cadence :

— Laissez-moi tranquille !

— Je ne peux pas faire ça, Sarah. Vous êtes attendue au château de votre père en Transylvanie. J'ai été mandaté pour vous y amener. Vous devez monter dans la voiture avec moi.

— Êtes-vous malade ?

Pour la première fois, Sarah, qui venait de s'immobi-liser, remarqua que le teint de monsieur Dumitru était plutôt pâle, pour ne pas dire exempt de couleur. En effet, on aurait dit un mort-vivant…

— Non. Je vais très bien. Merci !

Sarah poussa un soupir d'exaspération et recommença à marcher. La voiture ne la quitta pas pour autant.

— Votre père, le comte Vladislav Dracula, aimait profondément votre mère et vous a laissé le tiers de sa fortune colossale.

Encore une fois, Sarah s'arrêta net.

— Le tiers ? demanda-t-elle. Pourquoi le tiers ?

Monsieur Dumitru sourit, heureux d'avoir attiré l'attention de Sarah.

— Vous ne devinez pas ?

Sarah regarda encore sa montre avec impatience.

— Je n'ai pas le temps de jouer aux devinettes ! J'ai de l'école aujourd'hui !

Elle leva les yeux et réalisa qu'elle était arrivée devant le Petit Séminaire.

— J'ai entendu dire que vous étiez une excellente étudiante, souffla monsieur Dumitru. Vos parents et votre grand-mère Louise doivent être très fiers de vous…

Sarah eut le souffle coupé. Mamie Loulou… Si toute cette histoire était vraie… Si elle avait vraiment eu un père biologique très riche dont elle héritait d'une partie de la fortune… Mamie Loulou pourrait recevoir tous les soins dont elle avait besoin… Elle pourrait vivre dans la ouate avec le meilleur physiothérapeute du monde, la meilleure infirmière du monde, le meilleur spécialiste en gériatrie du…

— J'ai de l'école, balbutia-t-elle autant pour elle que pour monsieur Dumitru.

— Vous avez aussi un grand frère et une grande sœur qui vous attendront pour la lecture du testament de votre père. Vous serez indépendante de fortune, Sarah. Faites-moi confiance. Votre mamie vous en sera… éternellement reconnaissante.

Sarah jeta un regard au Petit Séminaire autour duquel des dizaines de voitures déposaient ses confrères et consœurs de classe. Elle aperçut les autobus scolaires cordés comme des perles jaunes clinquantes. Elle eut une pensée pour son beau Simon et des larmes commencèrent à se former dans ses yeux. Puis elle pensa à mamie Loulou. Monsieur Dumitru lut dans son regard qu'il avait réussi à la convaincre. Il ouvrit la portière de la limousine et, avec l'agilité d'un jeune garçon, glissa sur la banquette pour faire une place à Sarah.

— Tu montes ?

CHAPITRE 10

Transylvanie, 14 octobre

Pendant plus de trois heures, Elizabeth survola l'Europe dans les bras de monsieur Bradley qui la portait comme si elle avait été aussi légère qu'une plume. L'adolescente réalisait un rêve qu'elle caressait depuis toujours. Voler... ou, du moins, avoir la vraie de vraie sensation de voler. Aucun vertige, aucune peur, que de l'émerveillement, du bonheur pur à planer sur le continent européen d'ouest en est comme une touriste ébaubie devant tant de beauté.

À la demande d'Elizabeth, monsieur Bradley s'était attardé plus longtemps au-dessus de la Grande-Bretagne, butinant dans le ciel de Liverpool, de Manchester et de Londres où il avait joyeusement tourbillonné autour de Big Ben et du London Bridge, étourdissant sa jeune passagère pour le plus grand bonheur de celle-ci.

Plus tard, ils avaient piqué vers le sud pour franchir la frontière de la France et survoler Paris où le guide volant avait permis à sa voyageuse de voir l'Arc de Triomphe, le pont Saint-Louis et la tour Eiffel comme elle ne les avait jamais vus avant. La Ville Lumière prit tout son sens pour la jeune femme, du haut des airs.

Ils poursuivirent leur périple aérien au-dessus de la Belgique, des Pays-Bas, de l'Allemagne, de l'Autriche et de la Hongrie, passant par Budapest avant de survoler la frontière de la Roumanie. Débordant d'énergie et apparemment grisé par les réactions enthousiastes d'Elizabeth, monsieur Bradley décida de monter au nord vers l'Ukraine pour voler au-dessus des Carpates orientales avant de redescendre vers Brasov, au pied des Carpates méridionales.

Lorsqu'ils se posèrent enfin sur le ponceau de bois devant le majestueux château du légendaire comte Dracula, Elizabeth, envahie par l'émotion, sentit son cœur s'emballer et regarda partout autour d'elle, le souffle coupé.

— Nous y voici, miss Elizabeth, souffla Bradley en relâchant son étreinte autour du sac à dos de sa jeune protégée.

Elle se tourna vers lui et se jeta dans ses bras. Étonné par cette marque d'affection peu banale, l'homme de main de maître Harker enlaça à son tour la jeune femme, soudain pris d'un sentiment protecteur, d'une étrange fibre paternelle.

— Merci! s'exclama Elizabeth sans relâcher Bradley. Je ne sais pas comment vous remercier. Je n'ai jamais fait un aussi beau voyage de toute ma vie. Vous m'avez permis de vivre une expérience que je n'oublierai jamais.

Elle serra Bradley un peu plus fort, une dernière fois, avant de relâcher son étreinte. Elle plongea son regard dans celui de son interlocuteur et y découvrit une humanité qu'elle n'avait pas décelée lorsque l'homme l'avait apostrophée dans la cour de sa maison, à Killester.

— Jamais je n'aurais cru que…

Elizabeth s'interrompit, car elle venait de remarquer que Bradley avait considérablement changé depuis leur départ. Ou peut-être l'avait-elle mal observé lors de ce premier contact ? L'homme semblait plus doux, plus serein, moins froid, mais il paraissait aussi beaucoup plus vieux, plus vulnérable, plus… faible. Ses cheveux étaient devenus plus blancs, ses traits étaient plus tirés, son visage était plus ridé. Tout cela était bien étrange, mais Elizabeth ne voulait surtout pas s'empêtrer dans de multiples questions alors qu'elle vivait une des aventures les plus mémorables de sa jeune existence.

Elle se mit à caresser doucement le visage de Bradley, comme si elle avait voulu que ses doigts se rappellent de lui tout autant que ses yeux. Elle avait l'impression que cet homme si grand, si fort, si impressionnant quelques heures plus tôt et maintenant si fragile, si délicat, si sensible allait bientôt disparaître de sa vie.

— J'ai terminé ma mission, miss Elizabeth.

Celle-ci fit comme si elle n'avait pas entendu et continua à tracer avec ses doigts les traits de l'homme. Lorsqu'il tenta de reculer, elle le retint doucement par le cou. Il comprit qu'elle ne voulait pas qu'il parte tout de suite. Ce qu'ils venaient de vivre ensemble avait été magique et il ne fallait pas prendre cette expérience inoubliable à la légère.

Elizabeth sentit des larmes perler sous ses paupières et cherche à les retenir en soutenant le regard de monsieur Bradley. Elle caressa doucement les cheveux si blancs et beaucoup plus minces que dans son souvenir. Elle poursuivit son trajet digital en frôlant le front et les tempes de Bradley, les joues devenues creuses, les lèvres à la peau si diaphane… Lorsque les larmes s'échappèrent enfin de ses yeux, Elizabeth baissa rapidement le regard et enlaça Bradley une dernière fois comme un vieil ami que l'on quitte sur le quai de la gare.

De plus en plus épuisé, le vieil homme sourit difficilement et souffla à l'oreille d'Elizabeth.

— Vous êtes attendue.

Sur ces mots, une des deux énormes portes de bois massif s'ouvrit en grinçant et une femme apparut, souriante, le visage illuminé.

— Mademoiselle Elizabeth! fit-elle dans un soupir de bonheur tout en portant les mains à ses joues rondelettes. Ah! Que je suis heureuse! Bienvenue! Je suis Oleana Popescu, la gouvernante.

Elizabeth sourit à la domestique et se tourna vers monsieur Bradley qui s'était littéralement volatilisé. Troublée, la jeune femme regarda partout autour d'elle, puis leva les yeux au ciel. Elle aperçut une chauve-souris qui papillonnait vers la pleine lune.

— Vous êtes vraiment là! s'exclama madame Popescu, les yeux écarquillés. Ah! Je n'arrive pas à le croire. Vous êtes encore plus jolie que sur les photos.

«Les photos? s'étonna Elizabeth. Quelles photos?»
Elle n'osa pas poser la question directement, encore
trop émue de son aventure avec monsieur Bradley. Elle
ne voulait surtout pas fondre en larmes devant cette
petite bonne femme sympathique qui semblait si
heureuse de la recevoir.

— Une vraie beauté!

«Moi? Une beauté?» se dit l'adolescente, incrédule.
Elle ne s'était jamais trouvée particulièrement jolie.
Au contraire, elle avait toujours eu l'impression d'être
le vilain petit canard de la classe, de l'école. Le
compliment de madame Popescu la fit néanmoins
pousser un petit rire de malaise qui lui fit sentir le
chatouillis des larmes sur ses joues. Elle essuya les
gouttes salines du revers de la main et réalisa que ses
doigts étaient frigorifiés.

— Douce divinité! s'écria madame Popescu. Vous
devez être gelée! Entrez, entrez! Ne restez pas là. Venez
vous réchauffer.

Elizabeth jeta un dernier regard au ciel et ne vit qu'un
minuscule point noir sur la grosse lune ronde. Elle sourit
tristement et pénétra dans le château de son père.

— Merci. Vous êtes très gentille, bafouilla-t-elle à
son hôtesse.

Madame Popescu gloussa.

— Oh, mais ce n'est rien! Je suis si heureuse que vous
soyez là. Merci d'avoir accepté de venir.

Elizabeth fronça les sourcils.

— J'aurais pu refuser? demanda-t-elle.

La gouvernante poussa un rire en cascade étonnamment mélodieux qui fit penser à Elizabeth que la femme aurait pu faire une belle carrière comme soprano à l'opéra.

— Laissez-moi vous présenter tout le monde, mademoiselle Elizabeth. Nous vous attendions depuis plusieurs semaines.

Madame Popescu s'arrêta et, avec une intensité peu commune dans le regard, prit chaleureusement sa jeune interlocutrice par les épaules avant d'ajouter:

— En fait, nous vous attendions depuis toujours.

Déconcertée par les événements, Elizabeth sourit béatement, ne sachant trop quoi répondre.

Oleana Popescu se ressaisit et rit de nouveau pour alléger l'atmosphère qu'elle venait d'alourdir passablement.

— Ah! Henry! Venez, venez! Mademoiselle Elizabeth est arrivée. Permettez-moi de vous présenter Henry Lansing, mademoiselle Elizabeth.

Le majordome du château, au service de maître Dracula depuis des temps immémoriaux, venait d'entrer dans l'immense hall. Il s'approcha très lentement, ses souliers de travail fraîchement cirés claquant lugubrement sur le plancher de marbre noir aux subtiles rayures grises.

Vêtu d'un complet noir vieillot qui semblait étrangement poussiéreux, et portant ses cheveux plus sel que poivre lissés sur le dessus de sa tête, l'homme au teint pâle et aux yeux creux marchait solennellement comme un porteur de cercueil.

Lorsqu'il se retrouva devant Elizabeth, il lui offrit un troublant rictus et se pencha sur la main de l'adolescente pour la baiser du bout des lèvres.

— Enchanté, mademoiselle.

Madame Popescu frappa cavalièrement l'épaule de Lansing du revers de la main, sans retenue.

— Douce divinité, Henry! Ne soyez pas si… protocolaire! Mademoiselle Elizabeth est une jeune femme simple qui n'aime pas les formalités. N'est-ce pas, belle enfant?

Elizabeth sourit poliment.

— Monsieur votre père était pour le moins… austère, malgré tout le respect que je lui dois. Henry a travaillé pour lui pendant tant d'années qu'il est devenu aussi… rigide et cérémonieux que son employeur.

Elizabeth se fit la réflexion que monsieur Lansing ressemblait même aux personnifications cinématographiques que l'on avait faites de son père biologique depuis le début du XXe siècle.

— Mon père n'avait pas beaucoup d'humour? demanda Elizabeth, même si elle croyait déjà connaître la réponse à sa question.

Monsieur Lansing demeura impassible et madame Popescu fronça les sourcils.

— De l'humour? Non, pas vraiment. Les seules choses qu'il trouvait drôles auraient glacé le sang du commun des mortels.

Elizabeth ne fut pas surprise de ce commentaire et comprit rapidement que madame Popescu ne portait pas le comte Dracula dans son cœur.

— Henry fera monter vos bagages à votre chambre, reprit madame Popescu, pour changer de sujet.

— Je n'ai pas beaucoup de bagages, répondit Elizabeth. Seulement mon sac à dos et… je peux le porter moi-même.

Madame Popescu sourit.

— Si vous avez besoin de quoi que ce soit, vous pourrez m'appeler. Je serai à votre service jour et nuit.

Machinalement, Elizabeth jeta un coup d'œil à sa montre, qui indiquait minuit treize. Il lui faudrait éventuellement l'ajuster à l'heure de la Roumanie. Combien cela faisait-il d'heures de décalage avec l'Irlande?

— Il est vraiment tard, avança poliment Elizabeth, intimidée par monsieur Lansing qui demeurait immobile, comme s'il attendait ses directives. J'imagine que vous m'attendiez plus tôt? Je ne veux pas vous empêcher d'aller dormir. J'aurais tant de questions à poser, mais… je tombe de fatigue. Vous pouvez m'indiquer ma chambre?

Elizabeth avait fait un effort important pour soutenir le regard de madame Popescu parce qu'elle ne voulait surtout pas que la domestique propose à monsieur Lansing de l'accompagner à sa chambre. Elle se sentait beaucoup plus à l'aise avec la gouvernante, si chaleureuse et avenante. Madame Popescu sembla déçue qu'Elizabeth ne souhaite pas causer plus longtemps.

— Ah, mais… oui. Bien sûr. C'est normal. Excusez-moi. Les présentations peuvent attendre à demain.

Il y eut un moment de silence inconfortable pendant lequel les deux femmes se regardèrent comme si elles attendaient toutes deux que l'autre fasse les premiers pas. Puis madame Popescu, réalisant qu'Henry Lansing était toujours là, eut un petit rire.

— Oh! Douce divinité! Henry, excusez-moi. Vous pouvez disposer. Je m'occuperai d'accompagner mademoiselle Elizabeth à sa suite.

Lansing fit une révérence polie accompagnée de son rictus sinistre avant de passer sous l'arche qui menait à la salle de séjour attenante à la bibliothèque.

— Si vous voulez me suivre, je vais vous accompagner à votre…

Elizabeth s'approcha rapidement de madame Popescu, dès que Lansing fut hors de sa vue.

— Laissez faire ça, trancha-t-elle. Je veux tout savoir. Tout de suite. Mon frère? Ma sœur? Ils sont arrivés?

La gouvernante retrouva sa bonne humeur, heureuse de pouvoir passer ne serait-ce que quelques minutes de plus avec sa nouvelle protégée.

— Euh… non, ils arriveront plus tard. Ils ont… enfin… ils emprunteront des moyens de transport plus… traditionnels.

Elizabeth ne put s'empêcher de rire, ce qui mit du soleil dans le cœur de madame Popescu.

— Ils arriveront dimanche ou lundi. Vous aurez le temps d'apprivoiser la maison, de prendre vos aises.

La jeune femme prit le bras de son aînée et l'entraîna vers le grand salon à gauche du hall d'entrée, comme si elle avait connu cette maison depuis toujours. Madame Popescu se laissa faire, comme si elle était dirigée par un cavalier agile dans un quadrille ou un set carré !

En entrant dans la vaste pièce à l'allure gothique, mais maintenant chaleureusement décorée grâce aux designers dont les services avaient été retenus par madame Popescu, Elizabeth retira son sac à dos et son coupe-vent, qu'elle flanqua sur un repose-pieds, avant de prendre les mains de la gouvernante dans les siennes et de s'asseoir près d'elle. L'heure était aux confidences.

— Dites-moi tout. Cette histoire est tellement invrai-semblable que je dois vous entendre. Monsieur Bradley m'a bien donné quelques informations, mais…

Madame Popescu inspira profondément.

— Oh, vous savez, je ne sais pas tout, moi non plus. Maître Harker sera plus en mesure de tout vous dire. Pour ma part, je suis là pour vous accueillir, pour assurer votre confort, pour vous rassurer. Un peu comme… une mère ?

La gouvernante s'était avancée en utilisant ce mot et ses yeux s'emplirent de larmes lorsqu'elle laissa tomber son regard sur ses mains potelées. Elizabeth fut émue par l'émotion de son interlocutrice et enveloppa les mains de madame Popescu dans les siennes.

— Êtes-vous… la mère de mon frère ou de ma sœur ? demanda doucement Elizabeth, curieuse mais respectueuse.

Les yeux de madame Popescu se tournèrent rapidement vers la jeune femme.

— Oh, ma foi, non ! Je… je n'ai jamais eu d'enfant. Je n'ai jamais pu… porter mes bébés à terme. J'en ai perdu trois. Puis j'ai perdu mon mari.

Elizabeth serra les mains de madame Popescu avec compassion, touchée par cette confidence.

— Votre frère, votre sœur et vous êtes trop vieux pour que je m'occupe de vous comme des bébés. Mais je veux que vous sachiez que, depuis que je connais votre existence, je rêve de vous rencontrer, d'être là pour vous.

Elizabeth fut touchée par toute cette candeur.

— Merci. Vous êtes vraiment formidable.

Emballée, madame Popescu raconta :

— Quand maître Harker m'a donné le feu vert, j'ai fait nettoyer, rénover, décorer le château du sous-sol au grenier. J'espère que cela vous plaira. Sinon, nous ferons tout refaire, croyez-moi. Nous avons tout notre temps. J'ai eu un plaisir fou à superviser les travaux et je recommencerais volontiers si nécessaire. C'est une maison magnifique, un joyau architectural sans prix, mais Monsieur votre père n'aimait pas la couleur, la lumière, l'air frais. Je crois qu'il était... profondément triste. J'ai voulu égayer la maison lorsque j'ai appris que vous alliez venir l'habiter.

La dernière phrase de madame Popescu fit tomber le sourire d'Elizabeth. L'habiter ? Qui, elle ? Venir s'installer dans ce château dont elle venait d'hériter ? Mais elle croyait être venue pour le mettre sur le marché avec son frère et sa sœur pour qu'ils se partagent ensuite les fruits de la vente ?

Madame Popescu fronça les sourcils.

— J'ai dit quelque chose qu'il ne fallait pas ?

Elizabeth réalisa qu'elle ne pouvait pas démolir le rêve de cette dame si généreuse, si aimable, si visiblement ragaillardie par son arrivée.

— Non, pas du tout, bafouilla-t-elle. Je... je vous remercie. Vous avez fait de bons choix. J'espère que... mon frère et ma sœur seront du même avis. Personnellement, j'adore la décoration.

Madame Popescu retrouva le sourire, rassurée.

— Vous avez faim ? lança la domestique en se levant d'un bond. Sans doute. L'air frais, ça creuse l'appétit, n'est-ce pas ?

Sans que madame Popescu ait sonné une cloche ou ait appelé qui que ce soit, Elizabeth vit apparaître, dans l'arche qui menait à la salle à manger, un long chariot de bois aux moulures travaillées à la main. Derrière le chariot se tenait un homme de petite taille, aussi large que haut, tout de blanc vêtu et coiffé d'une toque de chef.

Madame Popescu s'exclama :

— Monsieur Morneau ! Vous avez lu dans mes pensées !

Le cuisinier rougit de pied en cap. Ah, comme il aurait voulu être capable de lire dans les pensées de madame Popescu ! Ainsi, peut-être aurait-il réussi à déceler un truc pour la séduire, la faire accepter la proposition de mariage qu'il refoulait depuis tant d'années…

— Henry vous a dit que mademoiselle Elizabeth était arrivée ? Je suis contente. Vous avez bien fait de lui apporter à manger. Elle meurt de faim.

Encore une fois, Morneau baissa timidement la tête. Il était toujours fier lorsqu'il répondait aux attentes de la gouvernante. Il se disait qu'en marquant des points avec elle il se rapprochait un tant soit peu de son objectif…

Les effluves de nourriture qui atteignirent les narines d'Elizabeth lui mirent l'eau à la bouche. Morneau avait concocté des plats qui auraient fait fondre le cœur des critiques culinaires les plus exigeants. Des hors-d'œuvre et des canapés aux fruits de mer et aux fromages les plus fins, des combinaisons de goûts à la fois harmonieuses et audacieuses. Des légumes variés et finement assaisonnés, mariés judicieusement autant par le goût que par l'apparence. Un choix de viandes et de poissons apprêtés à la perfection et pouvant répondre aux exigences de tous les palais. Un plateau de fruits et de fromages accompagnés de biscottes et de craquelins assortis. Et, pour couronner le tout, une assiette de pâtisseries françaises et bavaroises variées plaisant tant aux amateurs de crème pâtissière ou de crème fouettée, de chocolat ou de caramel, qu'à ceux des desserts aux fruits.

Elizabeth ignorait par quel délice commencer.

— Nous serons combien? demanda-t-elle sans détourner son regard du chariot.

Madame Popescu et monsieur Morneau éclatèrent de rire. Comme ce vent de jeunesse et de fraîcheur allait être bon pour cette maison depuis trop longtemps abandonnée à ses sinistres souvenirs!

CHAPITRE 11

New York – Bucarest, 14 octobre

Pendant que la limousine de monsieur Cartwright sillonnait les grandes avenues de New York et se frayait un chemin jusqu'à l'aéroport La Guardia, en banlieue de Manhattan, Milos vit toute sa vie défiler devant ses yeux comme un roman-fleuve adapté pour le cinéma. Son enfance et le début de son adolescence à Melnik, les premières filles qui avaient attiré son regard à l'école primaire, de beaux souvenirs de famille avec ses parents qu'il aimait tant et à qui il devait tout… Il réalisa que sa mère lui avait très peu parlé des semaines et des mois précédant sa naissance, qu'elle l'avait très peu entretenu du jour et des circonstances entourant son entrée dans le monde. Peut-être n'avait-il pas posé assez de questions?

— Un avion privé vous attend, marmonna monsieur Cartwright lorsque la luxueuse voiture oblongue s'arrêta devant une des nombreuses portes vitrées de l'aérogare. Voici toutes les informations dont vous aurez besoin. Vous désirez que je vous accompagne jusqu'à l'appareil?

Bousculé par les événements, Milos accepta l'enveloppe brune format moyen que lui tendait son interlocuteur. Comme il avait l'habitude des avions et des aéroports, le jeune homme trouvait que monsieur Cartwright avait le même vocabulaire que les agents de bord. Il se rappela quelques-unes des jolies femmes, jeunes et moins jeunes, qui avaient agrémenté ses voyages au fil des années… Ces premiers vols solo où, tout petit, il avait été traité aux petits oignons par les élégantes beautés en costume parce qu'il savait déjà leur parler avec son charme naturel et qu'il connaissait les trucs pour paraître juste assez vulnérable sans être énervant. Il en avait vraiment profité et s'était subtilement rincé l'œil, les yeux écarquillés, devant ces déesses qui déposaient des boissons gazeuses, des jus, des plats sur sa tablette! Et plus tard, lorsqu'il était venu aux États-Unis pour la première fois – et ensuite pour s'y installer –, ces vols où certaines des jolies hôtesses lui donnaient un âge plus avancé et lui glissaient leur numéro de téléphone sur une serviette de table… Il ne les avait évidemment pas toutes rappelées, mais… il n'avait jamais levé le nez sur leurs douces attentions.

— Monsieur Menzel?

Le jeune homme fut tiré de sa rêverie par la voix de monsieur Cartwright qui attendait patiemment sa réponse. Milos songea que son interlocuteur était beaucoup moins intéressant que celles dont il rêvait, mais que rien ne serait plus jamais pareil maintenant qu'il avait rencontré Océane.

— Excusez-moi. Non, vous n'avez pas besoin de m'accompagner. J'ai l'habitude. Merci, monsieur. Merci pour tout.

Milos tira cinq billets de vingt dollars de l'enveloppe que l'étrange messager lui avait donnée plus tôt et les tendit à son voisin de banquette. Celui-ci sourit poliment.

— Cet argent est à vous. Je suis déjà généreusement rémunéré pour mes services. Je vous souhaite un très bon voyage.

Après avoir remis les billets dans l'enveloppe, Milos fourra cette dernière dans la poche arrière de son jean et ouvrit la portière de la limousine.

— Cet avion privé me mènera où ?

— Bucarest, répéta patiemment Cartwright. Après quoi une voiture vous conduira au château de votre père. Tout est prévu. Vous n'avez rien à craindre.

Milos écoutait ces informations avec une certaine réserve. Il n'arrivait toujours pas à croire que tout cela pouvait vraiment être en train de se produire. Ces événements étaient pour le moins étourdissants, et le jeune homme se sentait porté, contrôlé, dirigé sans qu'il puisse changer le cours de son destin. Pourtant, étrangement, il s'abandonnait en toute confiance. Il sourit poliment à monsieur Cartwright et lui serra la main. Malgré le sourire de son accompagnateur, Milos fut soudain troublé par la froideur du regard et la blancheur polaire de la main glaciale de l'homme.

Quand le jeune homme sortit de la voiture, une pièce de monnaie à la forme particulière lui sauta aux yeux. Il se pencha vers le trottoir pour la cueillir et découvrit qu'il s'agissait d'une pièce de 500 lei roumains.

— Qu'est-ce que…

Il pivota vers la limousine de monsieur Cartwright et s'aperçut que l'immense véhicule s'était volatilisé… avec son passager et son conducteur.

Milos tourna la tête dans tous les sens comme une girouette, cherchant partout la sombre voiture. Comment avait-elle pu disparaître ainsi? Où était-elle passée? Milos ne pouvait pourtant pas avoir rêvé puisqu'il était bien là, sur un des trottoirs du débarcadère de l'aéroport La Guardia!

Le fils Menzel se résigna à suivre son destin, même si tous ces événements qui semblaient magiques ou un peu trop mystiques à son goût le troublaient au plus haut point.

Quelques minutes plus tard, après avoir longtemps marché dans les couloirs interminables de l'aéroport titanesque, Milos arriva à la porte derrière laquelle se trouvait le luxueux appareil aérien qui le transporterait jusqu'à la capitale du pays d'origine de son père biologique.

— Milos Menzel? Bienvenue. Veuillez me suivre.

Une femme élégante et sobrement maquillée accompagna l'héritier du comte Dracula jusqu'à l'avion. Milos remarqua que les conditions atmosphériques semblaient bonnes pour voler. Il s'en réjouit.

En montant dans l'appareil, il eut le souffle coupé. Il avait vu beaucoup de jets privés dans des films et à la télévision, mais il n'avait jamais eu la chance de se retrouver dans ce genre d'avion, qui n'avait rien des *charters* traditionnels ou des vols commerciaux habituels. Au lieu des sièges alignés en rangées, Milos découvrit des fauteuils de cuir souple disposés pour favoriser le confort des quelques passagers qui feraient le vol. Certains de ces fauteuils étaient même munis de dispositifs offrant des massages. Devant le divan assorti aux fauteuils dominait un téléviseur à écran géant digne des cinémas maison les plus grandioses. Un large bar massif, où trônaient des bouteilles de cristal contenant des boissons aux couleurs diverses, se trouvait près du long rideau noir derrière lequel se cachait une table à massage et un imposant massothérapeute qui sourit à Milos en faisant craquer ses doigts. Ce dernier pensa à Matthew qui aurait sans doute apprécié les services de ce colosse impressionnant.

— Je peux vous servir quelque chose, monsieur Menzel? fit une voix féminine douce comme le miel derrière Milos.

Ce dernier laissa retomber le rideau et se tourna vers la magnifique agente de bord à la coupe garçonne qui le regardait avec un sourire tendre.

— Une dose de réalité, peut-être? répondit Milos avec une touche d'ironie.

Toujours aussi souriante, la jeune femme fronça les sourcils:

— Pardon?

Voyant que le passager ne répondait pas, fasciné autant par son interlocutrice que par la situation dans laquelle il se trouvait, elle enchaîna:

— Je m'appelle Valéria. Si vous avez besoin de quoi que ce soit, n'hésitez pas à appuyer sur ce bouton… De toute façon, je ne serai jamais bien loin.

Cette affirmation aurait pu être chargée de sous-entendus et Milos l'aurait volontiers interprétée ainsi quelque temps auparavant, mais… maintenant qu'il avait rencontré Océane, il se sentait changé, transformé. Comment une femme avait-elle pu avoir un tel effet sur lui en si peu de temps ? Il avait évidemment souvent été attiré par des filles, par des femmes. Il avait même été charmé par plusieurs d'entre elles. Cependant, ce qu'il ressentait pour Océane était… nouveau. Agréable, mais troublant aussi.

— M… m… merci, bégaya-t-il. Je… C'est gentil. Je ne serai pas loin non plus.

Valéria sourit et passa derrière l'autre rideau noir, qui cachait son poste d'agente de bord.

— Monsieur Menzel ? Si vous voulez vous asseoir et boucler votre ceinture, nous allons maintenant nous diriger vers la piste de décollage.

La voix du pilote parvenant du système d'interphone de l'appareil fit d'abord sursauter Milos, mais il remarqua vite qu'elle ressemblait étrangement à celle de monsieur Cartwright. Spontanément, il tourna la tête vers le plafond de l'appareil pour bégayer :

— Euh… oui. M… merci… Je vais m'asseoir, oui.

Pendant qu'il s'exécutait, la voix du pilote se fit à nouveau entendre dans les haut-parleurs.

— Monsieur Menzel ?

Milos eut une pensée pour l'interphone de son école primaire à Melnik. La secrétaire qui demandait tel ou tel élève au bureau du directeur. Il sourit.

— Oui ?

— Vous devez appuyer sur le bouton dans votre accoudoir pour me répondre, expliqua le pilote.

Milos rougit et ricana avant d'appuyer sur le bouton.

— Excusez-moi. Je… oui. Je l'ai trouvé maintenant.

— Ce n'est rien. Détendez-vous et… *enjoy the flight*!

Milos jeta un œil par le hublot et pensa encore à Océane, à Matthew, à ses parents adoptifs, ceux qu'il avait toujours connus. Il faudrait les avertir de son départ hâtif et mystérieux. Si seulement il n'avait pas laissé son téléphone cellulaire sur sa table de chevet, près de son lit où dormait paisiblement la femme de ses rêves…

†

Quelques heures plus tard, Milos fut réveillé par le changement de pression atmosphérique dans la cabine lors de la descente de l'appareil vers l'aéroport de Bucarest. Il serra plusieurs fois les mâchoires dans l'espoir de déboucher ses oreilles, mais en vain. Il faisait nuit et, en regardant la capitale de la Roumanie du haut des airs, le jeune homme ne vit que de petites lumières, comme des étoiles parsemées, certaines immobiles, d'autres en mouvement.

— Vous avez bien dormi? demanda Valéria qui arrivait près de lui.

— Euh… oui, merci. Je devais être très fatigué. Je n'ai rien vu du voyage.

Valéria eut un petit rire.

— Je crois vraiment que vous êtes le passager le plus facile que j'ai eu à servir de toute ma carrière!

Mal à l'aise, Milos sourit gentiment à l'agente de bord. Jetant ensuite un regard autour de lui, il regretta de ne pas avoir profité de tous les services qu'offrait cet avion privé qui avait été nolisé exclusivement pour lui.

— Je vous suggérerais bien de boucler votre ceinture, mais…

Milos remarqua alors qu'il ne l'avait jamais détachée.

Lorsque l'avion toucha le sol, le jeune passager s'étira et réalisa que son inertie l'avait laissé ankylosé. Il fit quelques exercices d'étirement, s'assura qu'il avait bien ses deux enveloppes en main et s'apprêta à quitter l'appareil en saluant l'affable Valéria.

— Au revoir, monsieur Menzel. Au plaisir de vous revoir…

Milos s'arrêta soudain à la porte de l'avion et se tourna vers Valéria.

— J'aimerais remercier le pilote, lança-t-il de but en blanc.

L'agente de bord lui sourit et posa sa main sur l'épaule de Milos.

— Il accepte vos remerciements, dit-elle chaleureusement.

Troublé par le silence de l'homme dont il n'avait entendu la voix qu'à New York, Milos se précipita vers son fauteuil et appuya sur le bouton qui lui permettait de communiquer avec la cabine de pilotage.

— Monsieur le pilote ? J'aimerais pouvoir vous serrer la main et vous remercier pour ce voyage si paisible. Pouvez-vous venir me rencontrer ?

Un silence mystérieux suivit.

— Notre pilote est très occupé, dit Valéria pour rassurer Milos. Tous les pilotes ont beaucoup à faire après l'atterrissage. Ils doivent…

— Excusez-moi, mais… j'aimerais vraiment lui parler. Ce n'est pas comme si nous étions cinq cents passagers à bord de l'avion. Je suis seul. Il peut sûrement prendre quelques secondes, non ?

Voyant que Milos n'en démordrait pas, l'agente de bord répondit :

— Il a déjà quitté l'avion. Vous pourrez le voir et lui parler en sortant de l'appareil. Je crois l'avoir entendu dire qu'il voulait faire une vérification du système d'atterrissage avec l'équipe au sol. Passez par ici.

Soulagé, Milos se dirigea vers la sortie de l'avion, souhaitant ardemment mettre un visage sur la voix du pilote. S'il fallait que l'aviateur soit le sosie de monsieur Cartwright ou, pire, qu'il *soit* monsieur Cartwright…

La similitude de voix était troublante. Il fallait tirer la situation au clair.

Le froid et l'humidité de la nuit roumaine d'octobre achevèrent de tirer Milos de son sommeil. Il frissonna de la tête aux pieds, trop peu vêtu pour ce climat très différent de celui de New York. En touchant la terre ferme, le jeune homme regarda dans toutes les directions, cherchant le mystérieux pilote. Rien.

L'escalier qui l'avait mené à la piste se rétracta à une vitesse effarante et Milos comprit qu'il n'aurait pas la chance de serrer la main de celui qui l'avait transporté de l'autre côté de l'Atlantique.

Il leva les yeux vers les hublots de l'appareil en espérant y croiser le regard de Valéria. Mais comme elle avait sans doute fait exprès de le tromper, elle ne se pointerait sûrement pas le nez dans une des fenêtres de l'avion !

Découragé, le jeune homme fit quelques pas vers l'aérogare. Il aperçut une rutilante voiture sport décapotable deux places sur laquelle était appuyée une grande jeune femme qui le regardait ardemment en tentant de contrôler ses longs cheveux d'ébène qui flottaient follement au vent. Il eut le souffle coupé, mais fut tout de suite pris d'un fou rire qu'il réussit à contenir assez bien grâce à la quasi-noirceur qui l'entourait. « Non mais, c'est trop ! » se dit-il en ouvrant et en refermant les yeux plusieurs fois pour s'assurer qu'il ne rêvait pas. « C'est ma fête ou quoi ? » D'une infinie beauté, celle qui avait été choisie pour guider Milos dans la capitale roumaine et jusqu'au château de son père dans les Carpates était un véritable fantasme masculin sur talons hauts.

Élégante et racée, elle portait une petite robe de soirée rouge sang qui épousait harmonieusement ses courbes féminines. Malgré le froid de la mi-octobre, elle ne semblait pas troublée d'être si légèrement vêtue. Ses cheveux noirs contrastaient sérieusement avec la peau de son visage et de ses épaules nues, plus blanche que le lait. Son fard à lèvres, du même rouge sang que sa robe, accentuait ce contraste.

Hypnotisé par la beauté de la femme, Milos demeura pantois.

— Bonsoir! Je m'appelle Mila, fit la jeune femme lorsque cessa le bruit assourdissant du moteur de l'avion.

Sa voix chaude et son accent des pays de l'Est ne firent qu'ajouter à l'aura de mystère qui émanait de cette soirée invraisemblable.

— Vous vous appelez Mila? demanda Milos, incrédule. Ne trouvez-vous pas que c'est une sacrée coïncidence?

La jeune femme s'approcha de lui, marchant comme un top modèle pendant le défilé d'un grand couturier.

— Je suis heureuse que vous soyez enfin arrivé, dit Mila, comme si son protégé n'avait rien dit. Laissez-moi vous conduire à l'hôtel.

Elle prit le bras de Milos comme on le ferait pour aider un non-voyant à traverser la rue. Ce dernier se laissa guider vers la voiture, amusé par la galanterie de la jeune femme. Là-dessus, Milos était plutôt vieux jeu: n'était-ce pas aux garçons à faire preuve de galanterie?

— Votre prénom est vraiment Mila ? insista Milos en prenant la place du copilote dans la voiture. Milos et Mila… Vous ne trouvez pas ça étrange ?

Mila claqua la portière de l'auto du côté de son passager et contourna la voiture pendant que Milos observait le tableau de bord. Il s'agissait d'un modèle de Lamborghini classique qui aurait fait l'envie de n'importe quel collectionneur de voitures. Le jeune homme n'en croyait pas ses yeux.

— Vous allez adorer le Golden Tulip de Bucarest, dit Mila en prenant place derrière le volant, comme si elle n'avait pas entendu pour la seconde fois la question de Milos. On vous y a réservé une suite pour que vous puissiez dormir dans les meilleures conditions possibles.

La voiture de Mila démarra sur les chapeaux de roues et Milos fut projeté contre son siège, collé au cuir comme à un banc de montagnes russes. Le jeune homme avait toujours aimé les sensations fortes, mais se demandait s'il arriverait vivant à l'hôtel ! Il boucla rapidement sa ceinture. « On n'est jamais trop prudent », s'entendit-il marmonner.

Une fois que la voiture eut quitté le site de l'aéroport, Milos se détendit légèrement. Mila était visiblement une excellente conductrice et maniait le volant avec aisance. Le passager fut saisi par la tenue de route de l'auto qui frôlait le sol et donnait l'impression aux occupants d'être assis directement sur la route !

— Vous travaillez pour maître Harker ? tenta Milos pour faire la conversation.

La jeune femme se tourna vers son passager et lui sourit sans ouvrir la bouche.

« C'est quoi, cette réponse-là ? » se demanda Milos.

— Je vous pose la question parce que… toute cette histoire est assez tordue, non ? Ce n'est pas tous les jours que l'on apprend qu'on est l'héritier du plus célèbre vampire de l'histoire.

— Demain matin, je vous conduirai au château de votre père, déclara Mila, ne répondant pas aux questions de Milos, comme si elle avait été programmée pour parler à des moments précis. Il se trouve dans les montagnes, à environ deux cents kilomètres de Bucarest.

« À la vitesse qu'elle conduit, nous serons là en moins de douze minutes », plaisanta Milos intérieurement. Il jeta un œil sur l'odomètre : la voiture roulait à plus de deux cent soixante kilomètres à l'heure !

— Est-ce que vous avez déjà rencontré mon père ? demanda le jeune homme. Est-ce qu'il était toujours vivant quand vous… je veux dire…

Milos réalisa qu'il ne savait pas par quel bout prendre toute cette histoire. Comment obtenir des réponses s'il ne savait même pas quelles questions poser ?

— À l'hôtel, tu pourras te doucher, manger, dormir un peu avant que nous prenions la route pour les Carpates, enchaîna Mila.

Milos demeura sans voix.

— Je peux te tutoyer ? demanda la jeune beauté.

Tiré de sa rêverie, Milos bafouilla :

— Hein ? Euh… oui… Bien sûr.

Mila sourit gentiment.

« Cette déesse est comme un robot, un… clone, un… » Milos chassa ses pensées lorsque son regard se tourna vers les jambes filiformes de celle qui le conduisait à l'hôtel. Elles étaient étonnamment pâles, mais ô combien ravissantes ! Les yeux du jeune homme remontèrent vers les hanches et la poitrine de Mila avant de s'arrêter dans ceux de la principale intéressée qui le transperçaient du regard.

— Moi aussi, je te trouve agréable à regarder, souffla Mila avant de ramener son attention sur la route.

Intimidé comme il l'était rarement, Milos eut l'impression de fondre sur place. Ses yeux se tournèrent timidement vers ses pieds, au fond de la voiture qui faisait son entrée dans le rond-point devant la porte principale du majestueux hôtel Golden Tulip.

« Un clone ne me jetterait pas un regard aussi ardent et perçant, se dit le jeune homme. Cette fille est électrique, vivante, vibrante, excitante. Est-ce que j'ai rêvé ce désir que j'ai vu dans ses yeux ? »

Le maître d'hôtel ouvrit la portière de Mila et lui prit la main pour l'aider à descendre de la voiture. Milos se passa la remarque qu'elle ne semblait pas avoir de petite plaque métallique verrouillée entre les omoplates, là où se cacherait la batterie rechargeable si elle avait été un robot ou un clone. Il étouffa un petit rire pendant que le maître d'hôtel lui ouvrait la portière du côté passager. Puis, un valet se glissa derrière le volant et alla stationner la voiture.

Quelques secondes plus tard, Mila arrivait à la réception au centre de l'impressionnant hall d'entrée de l'établissement pour confirmer la réservation de la suite de Milos. Tout était minutieusement organisé. Le jeune homme n'avait qu'à suivre…

— Je fais monter vos bagages à votre suite, monsieur Menzel, lança le préposé de la réception.

— Quels bagages ? demanda Milos, intrigué.

— Ceux-ci, indiqua Mila en pointant son index vers un chariot chargé de valises que Milos n'avait jamais vues de sa vie. Je t'ai acheté quelques vêtements. J'espère qu'ils te plairont.

Milos était sidéré. Il avait l'impression d'être entretenu… ou d'être le roi d'un pays exportateur de pétrole ! Sans voix, les yeux écarquillés, il suivit sagement Mila qui le mena à l'ascenseur, suivi d'un énième valet qui poussait le chariot de bagages.

†

En entrant dans la suite, Milos fut encore une fois soufflé. Tant de luxe, tant de beauté, tant de confort… Il avait été habitué à un certain niveau de vie, mais cet endroit était synonyme de démesure.

Après qu'elle eut glissé un généreux pourboire au valet qui quitta la chambre sans plus de cérémonie, Mila regarda Milos dans les yeux avec un grand sourire. Lisant dans ses pensées, elle lui susurra :

— Tu aimes ce que tu vois ?

Le jeune homme fut envahi par des sensations discordantes qui le bousculaient et le faisaient tout remettre en question. Avait-elle vraiment lu dans ses pensées ? Quelles étaient ces pensées, justement ? Mila parlait-elle de la suite ou d'elle-même ? Milos était clairement attiré par cette fille d'une beauté incontestable, mais… se voyait-il être infidèle à Océane ? Infidèle ? Que signifiait ce mot dans le contexte actuel ? Serait-il vraiment infidèle ? Océane et lui ne s'étaient rien promis, après tout…

— Tu n'as pas besoin de répondre, ajouta enfin Mila, amusée. Tu devrais passer sous la douche. Je vais faire monter des victuailles. Tu vas voir : la cuisine ici est exquise.

Milos jeta un regard perplexe à Mila.

— La cuisine est ouverte à cette heure-ci ?

Elle sourit et frotta ses doigts ensemble devant les yeux de son interlocuteur.

— Pour toi, mon chéri ? Tout ce que tu désires. Allez ! À la douche !

Mila se tourna vers le téléphone. Milos, grisé par le pouvoir que lui procurait l'argent qui allait lui tomber dessus dans les prochains jours, enlaça spontanément la beauté par la taille.

— Et si je désire que tu m'accompagnes sous la douche ?

Mila pivota rapidement sur elle-même sans se libérer de l'étreinte de Milos et lui murmura, en passant sa main douce sur le visage du jeune homme :

— Tu es mignon… mais tu dois garder tes forces pour demain.

Elle posa ses lèvres sur celles de Milos pendant quelques secondes avant de le repousser avec force sur le lit.

— À la douche, j'ai dit ! ordonna-t-elle en rigolant. Tu sens le décalage horaire à plein nez !

À la fois amusé et excité, Milos se releva illico et se départit de ses vêtements derrière une Mila qui n'avait d'yeux que pour le téléphone. Presque déçu qu'elle n'ait même pas daigné lui jeter un regard pendant qu'elle commandait de la nourriture pour lui, Milos se glissa dans la salle de bains et pénétra dans la grande cabine de douche qui aurait pu contenir facilement six personnes, tant elle était grande.

Il profita pleinement de l'eau chaude qui coulait sur son corps et se sentit ravigoté par le savon dont il s'enduisait. Malgré le décalage horaire et toutes les émotions fortes qu'il avait ressenties dans les derniers jours, il débordait d'énergie et se mit à chanter des airs d'opéra que sa mère lui avait fait découvrir lorsqu'il était petit.

Quelques minutes plus tard, le jeune homme sortit de la douche, se sécha et enfila la robe de chambre moelleuse qui l'attendait sur le crochet de la porte. Il retourna dans la chambre où il découvrit un chariot de service couvert de plats argentés qui contenaient assez de nourriture pour alimenter un petit village. Milos réalisa qu'il avait une faim de loup. Les odeurs qui émanaient de sous les couvercles métalliques étaient enivrantes.

— Tu manges avec moi? lança-t-il à Mila.

Lorsqu'il regarda autour de lui, Milos constata qu'il était seul. Il trouva un billet plié sur le chariot.

Bon appétit. Bonne nuit. À demain. xx

CHAPITRE 12

New York, 14 octobre, 12 h 13 (heure locale)

— *Honey, I'm hoooome!* chantonna Matthew en pénétrant dans l'appartement après avoir passé la nuit à l'hôtel avec Kevin. Allô ? Y a quelqu'un ?

Océane arriva dans le salon en raccrochant son téléphone cellulaire, l'air préoccupé.

— Oui, Matthew. Il y a moi.

— Et qu'as-tu fait de mon mari, petite garce ? blagua le colocataire de Milos en feignant des airs de grande diva. Tu en as pris soin, au moins, pendant que je passais la nuit avec mon amant clandestin ?

Océane prit place sur le divan et composa un numéro sans répondre à Matthew.

— Milos, c'est le cinquième message que je te laisse… Qu'est-ce que tu fais ? Je te cherche partout depuis des heures. Où es-tu ?

L'air de Matthew changea. Milos aurait abandonné Océane dans leur appartement et serait parti sans avertissement, sans laisser de message ?

— Rappelle-moi, dit Océane, au bord des larmes. Si j'ai fait quelque chose de mal, tu n'auras qu'à le dire. Je ne veux pas te mettre de la pression, mais… je suis vraiment inquiète. Si… si tu ne me rappelles pas, peux-tu au moins rappeler Matthew pour lui dire que tu n'es pas en danger ? Que tu es toujours vivant ? Je… je t'aime, Milos. Bye…

Elle raccrocha et laissa sa tête tomber dans ses mains avant d'éclater en sanglots. Matthew, mal à l'aise, prit place près d'Océane et lui caressa doucement le dos. Dès que l'ami de Milos la toucha, Océane se raidit et se releva rapidement en se ressaisissant. Essuyant ses larmes, elle fonça vers la chambre et commença à ramasser ses effets personnels.

Matthew la suivit, inquiet lui aussi. Comme si elle sentait qu'il allait lui poser des questions, Océane se tourna vers le jeune homme et les mots se mirent à déferler :

— Il est sorti chercher des choses pour le petit-déjeuner et il n'est jamais revenu ! C'est comme s'il s'était volatilisé. Je suis sortie, j'ai fait le tour des quelques épiceries et restos du coin avec sa photo, que j'avais trouvée en fouillant dans un album rangé dans une des armoires du meuble de la télé… Un des gars derrière le comptoir chez Daniel's Bagels – TELLE-MENT agréable ! Grrrr ! – m'a dit qu'il l'avait vu, qu'il était venu acheter plein de choses et qu'il était reparti. C'est juste à côté ! Où est-il passé ? Il aurait dû revenir tout de suite, non ?

Matthew écoutait tout sans broncher, complètement éberlué par le comportement étrange de son colocataire. Matthew connaissait le penchant de Milos pour Daniel's Bagels, alors rien d'étonnant à ce qu'il y soit allé. Mais qu'il ne soit pas revenu tout de suite ?… Il se demanda si son colocataire ne tentait pas de fuir Océane, mais il savait que ce n'était pas son genre. Les quelques fois où Milos s'était senti mal à l'aise en se réveillant aux côtés d'une fille, il avait toujours été gentil, poli, respectueux. Jamais il n'avait fait pleurer des filles, jamais il ne leur avait fait miroiter des choses pour obtenir leurs faveurs. Pourquoi le ferait-il maintenant avec Océane qui, selon la première impression de Matthew, pouvait très bien devenir une relation sérieuse ? Aurait-il eu peur de s'engager, justement ?

Au bout d'une exaspération exacerbée par le silence inhabituel de Matthew, Océane sentit sa peine et son désespoir se transformer en colère. Il y avait quand même des limites à se faire ridiculiser, non ? Aucun gars ne valait qu'elle se sente méprisée ou utilisée !

— Je ne te connais pas depuis longtemps, mais c'est bien la première fois que je te vois la bouche fermée, sans petit commentaire malin, madame-son-épouse ! vociféra-t-elle avant de sortir de la chambre en tempêtant et en bousculant Matthew.

Celui-ci demeura muet. Il était sérieusement inquiet lui aussi. Numérisant rapidement la chambre de Milos de ses yeux, il s'arrêta à la table de chevet et s'écria :

— ATTENDS !

Océane avait déjà la main sur la poignée de la porte, mais elle s'arrêta net, regrettant déjà les paroles méchantes et injustifiées qu'elle avait balancées à la tête de Matthew.

— S'il n'a pas retourné tes appels, c'est sans doute parce que son cellulaire est ici. Viens voir.

Pendant qu'Océane rebroussait chemin, Matthew avait pris le téléphone et constaté que Milos en avait coupé la sonnerie. Lorsqu'il lui présenta l'appareil, Océane se gronda.

— Mais ce que je peux être idiote !

Matthew sourit gentiment.

— Mais non, ma chérie, tu étais dans tous tes états. Tu t'inquiétais pour ton homme qui ne revenait pas.

Son homme ? Océane réalisa que Milos avait déjà pris une très grande place dans son cœur. Était-ce normal ? Était-ce sain ? Était-ce correct ? Ah, tant de questions auxquelles il n'était pas temps de répondre puisqu'il fallait parer au plus urgent : trouver Milos !

†

Killester, 14 octobre, 13 h 30 (heure locale)

Molly O'Neil frappa à la porte de la chambre de sa fille pour une troisième fois en autant d'heures, mais avec plus d'insistance.

— Elizabeth ! Tu exagères ! cria-t-elle en se frottant les jointures. C'est l'après-midi ! Tu vas dormir tout le week-end ? C'est exagéré. J'aimerais bien que tu m'aides un peu à faire le ménage de la maison.

En entendant ces mots sortir de sa bouche, la mère d'Elizabeth les regretta tout de suite. Ce n'était pas la meilleure façon de tirer sa fille du lit, elle devait en convenir !

À bout de patience, la docteure O'Neil décida de faire irruption dans la chambre de sa cadette. Elle trouva la pièce étonnamment éclairée. Elizabeth tenait toujours ses stores fermés, même en plein jour, et ce n'était pas dans ses habitudes d'aller au lit sans s'assurer d'être dans la noirceur absolue. Molly se dirigea vers le lit de sa fille et tira rapidement les draps.

— Allez ! Lève-toi. Tu as assez dormi. La moitié de la journée est déjà passée.

Elle ne trouva que les coussins et les oreillers qu'Elizabeth avait minutieusement agencés. Molly sentit la colère s'emparer d'elle et inspira profondément, pour se calmer, avant de crier :

— PATRICK !

Quelques secondes plus tard, le père d'Elizabeth arrivait sur les lieux.

— Qu'est-ce qui se passe ?

— Regarde !

Patrick Gurney ne put que constater ce que sa femme avait déjà découvert. Comme cette dernière, il inspira profondément, envahi par un profond sentiment de trahison.

— Tu vois ce que ça donne quand tu lui fais trop confiance ?

Les paroles de Molly ne firent que tourner le fer dans la plaie. Le père d'Elizabeth avait cru que les mots échangés avec sa fille la veille leur avaient permis de retrouver la complicité qu'ils avaient partagée lorsqu'elle était toute petite. S'était-il fait avoir sur toute la ligne ?

— Tu crois qu'elle est partie très tôt ce matin ? demanda-t-il à sa femme, davantage pour se rassurer que pour obtenir une réponse.

— Ça m'étonnerait énormément ! s'exclama Molly, aigrie, en faisant le tour de la chambre d'Elizabeth. Tu sais très bien que ta fille est une enfant de la nuit. Elle aime la noirceur, la vie nocturne. Ah ! Qu'est-ce qu'on a fait au bon Dieu et à cette enfant pour qu'elle nous déteste tant ?

Gardant son calme, Patrick Gurney se dirigea vers le bureau d'Elizabeth où il avait aperçu l'enveloppe que celle-ci avait laissée.

— Elle ne nous dé*teste* pas, elle nous *teste*, répondit-il en prenant l'enveloppe.

Molly O'Neil, croyant que son mari faisait un autre de ses légendaires jeux de mots qui l'exaspéraient tant, éclata :

— Je n'ai pas le cœur à rire, Patrick. Nous avons perdu le contrôle sur notre fille. Je ne sais plus quoi faire avec elle.

Pendant qu'il ouvrait l'enveloppe que sa femme n'avait toujours pas vue, le père d'Elizabeth répondit :

158

— Laisse-moi m'en occuper. Je crois qu'elle est dans l'une de ces phases pénibles de l'adolescence, mais…

— Tu crois? trancha Molly avec une ironie sans nuance. Ah… et puis d'accord! Tu peux t'en occuper. Je baisse les bras. De toute façon, tu as toujours su mieux lui parler que moi. Je suis de garde à l'hôpital. Si je ne pars pas maintenant, je serai en retard.

La mère d'Elizabeth sortit aussitôt de la chambre, laissant Patrick seul avec le message de leur fille. Machinalement, il tira la lettre de l'enveloppe, monta debout sur le lit et s'assit sur le rebord de la fenêtre pour lire. Il n'était évidemment pas sans savoir que c'était l'issue qu'avait empruntée sa fille; il avait l'impression qu'il se sentirait plus près d'elle s'il s'assoyait ainsi. En même temps, c'était sa façon de faire un pied de nez amical à Elizabeth, à la notion du «tu te penses plus fine que moi, mais je ne suis pas né de la dernière pluie». Comme il avait été un peu plus rebelle que sa femme dans sa jeunesse, il pouvait mieux comprendre ce qui se passait dans le cerveau de sa fille.

Pendant sa lecture, il passa par toute une gamme d'émotions. Cette damnée adolescente de l'enfer, qu'il adorait profondément, l'avait fait rire, pleurer, fâcher… et rire encore!

— Pourvu qu'elle ne fasse pas de bêtise irréparable, se passa-t-il comme réflexion à haute voix. Je suis trop jeune pour devenir grand-père…

Monsieur Gurney se tourna vers la fenêtre à laquelle il s'était adossé et poussa un soupir de découragement. Maintenant, il fallait retrouver Elizabeth.

†

Québec, 16 octobre, 10 h 13 (heure locale)

Lyne Lachance arriva au Petit Séminaire pendant la première période du matin après avoir rendu visite à sa mère qui semblait, somme toute, de bonne humeur. Le sourire aux lèvres, heureuse comme tous les matins de franchir les portes de cette institution qu'elle adorait et où elle enseignait depuis maintenant quinze ans, elle passa saluer la secrétaire de direction de la première secondaire. Lyne avait connu cette femme charmante qui prendrait bientôt sa retraite à l'époque où elle-même étudiait au Petit Séminaire.

— Sarah est malade? demanda chaleureusement Fernande avec sa compassion habituelle. Ne me dis pas! C'est une vraie épidémie. Il manque une quinzaine d'élèves seulement en première secondaire aujourd'hui. Cette gastro fait des ravages.

Lyne fronça les sourcils.

— Sarah n'est pas absente. Elle est venue à pied ce matin. Je voulais passer voir ma mère à l'hôpital avant de commencer ma journée.

Ce fut au tour de Fernande de froncer les sourcils.

— Ah? Il doit y avoir une erreur alors parce que le nom de Sarah Duvall figure sur ma liste d'élèves absents. Attends. Je vais tirer ça au clair tout de suite.

La secrétaire ouvrit l'énorme cahier à anneaux dans lequel se trouvaient les horaires de tous les élèves du niveau. Puis, elle communiqua par l'interphone avec

Mireille Vandal, l'enseignante d'art dramatique de Sarah, qui lui confirma que la jeune fille n'était pas dans sa classe.

Le cœur de Lyne se mit à battre la chamade et son estomac se noua. Où Sarah pouvait-elle bien se trouver ? Serait-elle retournée à la maison après avoir réalisé qu'elle avait oublié quelque chose ?

— Je ne crois pas, répondit Fernande lorsque Lyne lui fit part de sa réflexion. J'ai téléphoné chez vous tout à l'heure pour motiver l'absence de Sarah et je n'ai pas eu de réponse. Comme je savais que tu ne commençais qu'à la deuxième période, je me suis dit que j'en parlerais avec toi à ton arrivée, mais…

Encore plus inquiète, Lyne demanda à Fernande dans quel local se trouvaient Jolane Mercier et Francis Bélanger, les amis d'enfance de Sarah, qui n'avaient pas choisi l'option art dramatique.

Rapidement, l'enseignante se rendit au local d'arts plastiques où elle s'adressa à une Jolane étonnée de l'absence de son amie.

— Nous nous sommes parlé sur Talk2Me hier soir. Elle m'a dit que nous nous verrions à l'école, mais elle n'était pas aux casiers ce matin.

Lyne remercia Jolane et tenta de la rassurer. Il s'agissait sûrement d'un simple malentendu. Comme elle espérait dire vrai !

La mère de Sarah se rendit ensuite au local de musique pour s'entretenir avec Francis. Ce dernier, comme Jolane, confirma qu'il n'avait pas vu Sarah ce matin.

LES ENFANTS DRACULA

De plus en plus inquiète, Lyne se réfugia dans un local vide et sortit son cellulaire. Elle composa rapidement le numéro de St. Patrick's High School où David était directeur adjoint. Le père de Sarah ne l'avait pas vue depuis son départ non plus.

— Tu crois qu'elle aurait décidé, en marchant vers l'école, de prendre l'autobus et d'aller rendre visite à ta mère sur un coup de tête? demanda David.

Lyne inspira profondément pour tenter de se calmer et expira lentement en levant la tête vers le plafond.

— J'espère *tellement* que c'est seulement ça, souffla-t-elle à son mari. Je téléphone à ma mère et je te rappelle.

Elle raccrocha rapidement et fit sur-le-champ le numéro de l'hôpital. Après avoir composé le numéro de la chambre de Louise, elle put parler à sa mère.

— Aujourd'hui? demanda mamie Loulou. Non. Elle est venue me visiter samedi, comme tu sais, mais je ne l'ai pas revue depuis. Elle n'est pas à l'école?

Lyne soupira d'impatience et se retint pour ne pas crier: «Penses-tu que je t'appellerais pour te demander si elle est avec toi si elle était à l'école?» Elle prit quelques secondes pour se ressaisir et réalisa qu'elle ne voulait surtout pas inquiéter sa mère dont l'état de santé était quand même précaire.

— Hé que je suis dans la lune! feignit-elle en marchant vers la fenêtre qui donnait sur la cour intérieure, vide à cette heure-là. C'est vrai! C'est aujourd'hui que son groupe avait une sortie au Musée

162

de la civilisation. Excuse-moi, maman. Parfois, avec les horaires jour 1, jour 2, jour 3, je me mélange… Mon Dieu que je suis confuse! Sarah a de qui tenir, hein?

Lyne poussa un faux petit rire qu'elle voulut rassurant et souffla des baisers sonores à sa mère avant de raccrocher.

Prise de panique, elle se mit à craindre le pire. Les photos de nombreuses jeunes filles rendues tristement célèbres après leur enlèvement se mirent à danser dans sa tête. Rapidement, elle tenta de chasser ces images. Elle n'avait pas de temps à perdre; il fallait retrouver Sarah.

†

New York, 16 octobre, 10 h 13 (heure locale)

En franchissant la porte du New York Film Academy en ce lundi matin d'octobre, Matthew s'accrochait encore à l'espoir que Milos serait dans la salle de classe de monsieur Hoffmann et qu'il aurait une explication tout à fait logique pour justifier son absence des dernières quarante-huit heures. Hélas, ses désirs ne devinrent pas réalité.

Pendant tout le week-end, Matthew et Océane avaient écumé le quartier à la recherche d'indices qui auraient pu leur permettre d'élucider le mystère entourant la disparition de leur ami, mais en vain. Personne ne l'avait vu, personne ne savait où il était passé. Matthew s'était même servi de l'absence de son colocataire pour reprendre contact avec Kevin. Même s'ils avaient passé une belle nuit ensemble, Matthew ne savait pas trop si Kevin avait l'intention de le contacter.

Alors en appelant lui-même le beau comédien pour savoir s'il avait vu Milos, il avait joint l'utile à l'agréable. Kevin n'avait pas eu de nouvelles de son collègue de travail, mais avait promis de faire le tour de la troupe du *Rocky Horror Picture Show* et des employés du Chelsea Cinemas pour s'informer, et de rappeler Matthew ensuite.

Dimanche midi, à l'appartement, Milos avait reçu un appel de ses parents qui avaient pris l'habitude de téléphoner chaque semaine pendant le jour du Seigneur pour prendre des nouvelles. Ils habitaient fort loin, mais Vaclav et Grazia Menzel tenaient aux liens serrés qu'ils avaient tissés avec leur fils et voulaient les maintenir. Milos, en bon fils respectueux, reconnaissant et aimant, se faisait toujours un devoir d'être là sur l'heure du lunch pour recevoir l'appel de ses parents. Même quand il devait sortir, il s'organisait avec Matthew pour faire transférer la ligne du téléphone de l'appartement sur son cellulaire. Ce jour-là, Matthew dut concocter sur-le-champ une histoire abracadabrante : Milos avait des choses à se faire pardonner par une fille, et les fleurs et les chocolats qu'il lui avait offerts quelques jours auparavant n'avaient pas réussi à convaincre la douce de sa sincérité… Bref, Matthew s'était empêtré dans une série de mensonges dont il n'arriverait sans doute pas à se souvenir plus tard. Mentir, ce n'était jamais la solution ! Milos n'était donc pas là, mais il les rappellerait dans les meilleurs délais. Ouf !

— Et vous, Matthew ? Vous allez bien ? avait demandé la mère de Milos. La santé est bonne ?

Matthew s'était retenu pour ne pas faire sentir son exaspération. Madame Menzel, une dévote catholique à la morale plutôt rigide, n'approuvait évidemment pas le «style de vie» de Matthew. Si elle lui demandait des nouvelles de sa santé, c'était indirectement pour s'assurer qu'il n'avait pas encore attrapé la «peste des homosexuels», ce fléau que les gais se transmettent entre eux, le S-I-D-A! «Ta mère est tellement rétro, avait souvent lancé Matthew à Milos. Et pas dans le bon sens, là! Elle pense encore que le sida est une maladie réservée aux gais. Il faut vraiment être déconnecté de la réalité!»

— Vous êtes toujours là, Matthew?

Le jeune homme avait eu envie de s'amuser en racontant en détail sa nuit avec Kevin – dans une chambre d'hôtel payée par Milos –, juste pour entendre la réaction de madame Menzel, mais il s'était retenu en se disant qu'il ne voulait pas tuer la mère de son colocataire!

— Je vais très bien, merci. Vous aussi? Votre mari aussi? Formidable! Il a fait beau à Melnik aujourd'hui? Oui? Merveilleux! Alors je dis à Milos de vous rappeler dès qu'il passe la… Euh… Oui, je sais que la boîte vocale de son cellulaire est pleine. J'ai tenté de le joindre moi aussi et… Oui, dès qu'il rentre ou qu'il appelle, je lui fais le message. Vous aussi. Au revoir.

Ouf!

— As-tu vu Milos? lança Cassandra en croisant Matthew dans le corridor devant la classe de monsieur Hoffmann.

La jeune femme semblait dans tous ses états.

— *Well, hello to you, too, sweetheart!* répondit Matthew en feignant l'indifférence pour changer de sujet.

— *Oh, come on, Matthew. Don't be like that!* Est-ce que tu as vu Milos… oui ou non?

— Non, répondit franchement le jeune homme.

— La boîte vocale de son cellulaire est pleine.

— Je sais.

— Je le cherche partout.

— Je sais.

— Il ne semble pas être à l'école ce matin.

— Je sais.

— J'ai l'impression qu'il me fuit.

— Je sais.

— Tu sais qu'il me fuit?

— Mais non! Je sais qu'il a disparu.

— Quoi? Il a disparu?

— *Well*, personne n'arrive à le trouver, *anyway*. Toute la fin de semaine, j'ai fait des appels et j'ai arpenté les rues du quartier avec Océ…

Matthew fit une pause.

— J'ai arpenté les rues du quartier avec *obstination* et… il semble avoir disparu.

Cassandra fronça les sourcils avant de lever les yeux au plafond.

— En tout cas, peux-tu lui dire de m'appeler quand tu le retrouveras ? J'espère qu'il n'oubliera pas la chance qu'il a d'avoir été accepté au New York Film Academy avec *full scholarship* à son âge… Il ne faut pas qu'il prenne ça à la légère. Il a un talent prodigieux pour un jeune homme de dix-sept ans.

Les yeux de Matthew s'écarquillèrent.

— Il t'a *dit* qu'il n'avait que dix-sept ans ? demanda-t-il, surpris que Milos ait dévoilé si franchement son âge, lui qui avait plutôt l'habitude de fuir ce sujet.

Mal à l'aise, Cassandra marmonna :

— J'ai fouillé dans son portefeuille. Mais là n'est pas la question ! reprit-elle avec assurance. Tout le monde sait qu'il a du talent, mais le talent, ce n'est pas tout. Il y a des responsabilités qui viennent avec les privilèges qui lui sont accordés.

Cassandra s'arrêta, réalisant qu'elle parlait davantage comme une mère ou une directrice d'école que comme une… qu'était-elle au juste ? Une amoureuse ? Un *flirt* ? Une partenaire de sexe ? Une amie ? Une… connaissance agréable ?

Matthew demeurait muet, ne sachant que dire et voulant à tout prix éviter de compromettre Milos.

— En tout cas, poursuivit Cassandra. Nous ne nous sommes rien promis, lui et moi, mais… ça ne veut pas dire que je ne m'inquiète pas pour lui. Tu peux lui dire ça… s'il refait surface un jour.

Cassandra s'éloigna, laissant Matthew en plan. Le cellulaire de ce dernier se mit à jouer *Gonna Make You Sweat (Everybody Dance Now)* de C+C Music Factory.

— *Hello? Dance for me, baby!* dit-il en répondant. Ah! Océ…

Il s'interrompit, tournant la tête comme une girouette pour s'assurer que Cassandra n'était plus dans les parages.

— *Wet One?* poursuivit-il avec le surnom affectueux qu'il avait créé pour Océane. As-tu des nouvelles de Milos, *darling? My God!* On dirait vraiment qu'il a été enlevé par des extraterrestres! J'espère qu'ils sont *cute* au moins!

†

Killester, 16 octobre, 16 h 13 (heure locale)

— Quoi? Elle n'est pas encore rentrée? Bon, là, c'est assez. J'appelle la police! décida Molly O'Neil en revenant de l'hôpital où elle venait de pratiquer deux accouchements.

— Dans sa lettre, elle nous dit de ne pas le faire, déclara le père d'Elizabeth.

— Tu l'écoutes trop! répondit-elle sèchement en retirant ses bottes. Elle a dit, elle a dit! Si elle te disait qu'elle lâche l'école, tu lui trouverais un emploi au bureau!

— Tu exagères.

Molly suspendit son manteau avant de se diriger vers le téléphone, exaspérée.

— Molly, non. Attends un peu.

— Nous avons assez attendu. Dieu merci, elle n'avait pas de cours aujourd'hui, mais demain? Qu'est-ce que tu feras demain quand St. Mary's appellera pour nous demander pourquoi elle est absente? Si nous n'appelons pas la police, Patrick, nous passerons pour des parents sans-cœur et incompétents!

Patrick Gurney se retint pour ne pas lever les yeux au plafond. Sa femme Molly avait toujours été plus préoccupée par les apparences que lui.

— Elle a dit dans sa lettre qu'elle donnerait de ses nouvelles. Attendons encore un peu. Elle n'est plus une enfant, quand même! Faisons-lui confiance.

Épuisée par sa dure journée à l'hôpital, Molly O'Neil avait l'impression d'être seule au monde, comme si son mari voulait la faire passer pour une hystérique, lui qui était toujours si calme et si posé. Comme il était énervant!

—Tu veux que nous lui fassions confiance? Elle nous a faussé compagnie, Patrick! Elle est partie il y a maintenant presque trois jours et elle n'a même pas daigné donner signe de vie. Quand je pense qu'elle traîne dans les rues de Dublin avec ce jeune vaurien, je…

Molly se laissa choir sur une chaise, pleurant pour la première fois depuis le départ d'Elizabeth. Ce comportement rassura Patrick Gurney. Sa femme avait finalement cédé et laissé monter ses véritables sentiments.

— Elle reviendra, ma chérie, chuchota le père d'Elizabeth en caressant les cheveux de sa femme. Je sais qu'elle reviendra.

— Nous ne vivons plus dans le même monde qu'il y a trente ans, Patrick ! Aujourd'hui, des enfants sont kidnappés, exploités, violés, tués…

Le père d'Elizabeth retint ses commentaires – ce n'était définitivement pas le temps de contrarier sa femme ! Mais il ne put s'empêcher de penser que ce qui avait vraiment changé, c'est qu'avec les moyens de communication d'aujourd'hui les gens savaient plus en détail ce que faisaient les maniaques aux quatre coins de la planète. Y en a-t-il vraiment plus qu'il y a trente ans ?

— Nous avons tout fait pour la retrouver, poursuivit Molly, sauf appeler la police. C'est la prochaine étape.

Patrick savait que sa femme avait raison. Ils avaient appelé Michael, le grand frère d'Elizabeth, qui habitait un appartement d'étudiants à Dublin pendant qu'il faisait ses études en théologie, dans l'espoir que sa petite sœur ait décidé d'aller chez lui. Il n'avait eu aucune nouvelle d'elle. Ils avaient joint la famille Rollins à sa maison de campagne pour que Samantha leur confirme les projets d'Elizabeth avec Rick. La pauvre amie de la fugueuse n'avait pu leur donner plus de détails ; elle n'avait pas parlé à Elizabeth depuis vendredi. Ils avaient appelé quelques autres amies d'Elizabeth. Ils avaient même interrogé Marcy Jennings, qui avait téléphoné après la messe de dimanche pour parler à leur fille. Évidemment, la jeune rouquine ne savait rien non plus.

— Tu as raison, ma chérie, mais attendons encore un peu, avança Patrick en espérant apaiser les craintes de sa femme.

— Attendre quoi? Une autre nuit? Si elle erre seule, abandonnée, sans argent, sans défense, elle sera encore plus vulnérable la nuit.

Se voulant toujours rassurant, Patrick répondit:

— Tu l'as dit toi-même, Molly. Elizabeth est une enfant de la nuit… et elle sait se défendre.

Patrick Gurney se rappela avec nostalgie les matches de fausse lutte qu'il faisait avec sa fille lorsqu'elle était toute petite et voulait toujours faire semblant de se battre. Il l'avait d'ailleurs inscrite à des cours de karaté pendant quelque temps pour qu'elle apprenne à canaliser son énergie. Cette activité n'avait pas plu à Molly qui la jugeait trop violente et trop masculine pour une fille. Elle avait trop longtemps accepté que sa fille fasse des «choses de garçon» et, lorsque Elizabeth eut sept ans, avait décidé de changer de cap et de se créer une jolie petite princesse bien à elle. Elizabeth lui avait fait la vie dure!

Une larme perla dans l'œil de Patrick Gurney qui remercia le ciel d'être debout derrière sa femme, là où Molly ne pouvait pas le voir.

Soudain, on sonna à la porte.

— *Oh, dear God*, on a retrouvé Elizabeth! s'exclama Molly en se levant d'un bond et en se précipitant vers la porte.

Patrick la suivit calmement en priant secrètement que sa fille ait été retrouvée saine et sauve. Molly ouvrit la porte et se trouva face à Rick Langston, mal à l'aise. Celui-ci avait tenté par tous les moyens – courriel, cellulaire, contact avec Samantha… – de joindre Elizabeth, sans succès. Il avait finalement décidé – au risque de sa vie, croyait-il! – d'en avoir le cœur net en se présentant chez elle.

— Bonjour, madame Gurney. Je… Excusez-moi de vous déranger, mais… est-ce qu'Elizabeth est là?

Patrick reconnut tout de suite le jeune homme qu'il avait vu servir les clients chez Graham O'Sullivan. Pendant que Molly s'appuyait contre le cadre de porte pour ne pas défaillir, le père d'Elizabeth, soudainement envahi par une rage qu'il ne se connaissait pas, agrippa l'adolescent violemment par le collet de son manteau et, malgré sa taille inférieure à celle de Rick, souleva le jeune homme du sol, le rentra dans la maison et le plaqua sur le mur de toutes ses forces en vociférant:

— Si tu veux voir ton prochain anniversaire, petit verrat, tu vas me dire tout de suite ce que tu as fait de ma fille!

†

Québec, 16 octobre, 11 h 40 (heure locale)

Après avoir demandé son congé au directeur adjoint de la troisième secondaire, son supérieur immédiat,

Lyne avait appelé David pour lui dire qu'elle partait à la recherche de Sarah dans les rues du Vieux-Québec. Le père de la jeune fille prit congé aussi et rentra à la maison. Une heure après qu'il eut parlé à Lyne au téléphone, David trouva cette dernière effondrée sur le palier devant la porte d'entrée de leur maison.

— Je ne sais plus quoi faire ! murmura-t-elle, défaite, entre deux sanglots. Notre fille a disparu, David. Personne ne l'a vue. J'ai retracé ses pas du Petit Séminaire jusqu'ici… le trajet qu'elle emprunte habituellement… J'ai interrogé des passants. J'ai… Je ne sais plus quoi faire…

Lyne regardait David avec un air suppliant, comme si elle comptait sur lui pour trouver une solution miracle. Mais le père de Sarah se sentait tout aussi impuissant qu'elle.

— Viens. Nous allons la chercher ensemble, proposa-t-il spontanément parce qu'il fallait bien dire quelque chose.

Lyne prit la main de David et se leva. Ils se serrèrent très fort dans les bras l'un de l'autre, cherchant à se réconforter mutuellement.

— Nous allons la retrouver, c'est certain. Allez ! C'est sans doute un stupide malentendu.

Lyne essuya ses larmes et jeta un regard autour d'elle. Elle réalisa que jamais, depuis qu'elle avait adopté Sarah, elle n'avait été plus d'une heure sans savoir où était sa fille.

— SARAH !

CHAPITRE 13

Bucarest, 16 octobre

Milos se réveilla dans le très grand lit de sa suite de l'hôtel Golden Tulip de Bucarest. Il avait dormi comme un bébé. Il prit quelques secondes avant de réaliser qu'il n'était plus chez lui, à New York. Il se tourna sur le dos et se frotta les yeux avant de repasser dans sa tête les événements des derniers jours. Que de rebondissements en si peu d'heures! Toute sa vie se voyait chamboulée par cette nouvelle qu'il était le fils biologique de Dracula.

Il s'étira de tout son long pour délier ses muscles endormis et se tourna sur le ventre, humant le parfum des draps propres. Il jeta un œil au réveille-matin. 6 h 13. Il ne réalisa pas sur le champ qu'il était 6 h 13 le surlendemain. Il avait fait plus de deux fois le tour de l'horloge, sans doute épuisé par les événements et le décalage horaire.

Soudain, il fut saisi par une odeur de nourriture qui semblait venir de loin. Intrigué, il se leva et tira les rideaux pour éclairer la chambre. À travers la vaste baie vitrée, Bucarest s'exposait à lui… et il s'exposait à elle dans toute sa nudité! Il se mit à rire en constatant qu'il s'offrait aux regards des passants, mais réalisa vite que personne ne pouvait le voir puisqu'il était à des dizaines d'étages au-dessus de tout le monde. Il enfila la robe de chambre qui gisait sur le fauteuil et entreprit de suivre l'odeur de nourriture de plus en plus insistante et alléchante.

Pourtant, comment pouvait-il avoir faim si peu d'heures après avoir mangé le gros repas que lui avait commandé Mila au service aux chambres? D'ailleurs, où était passé ce chariot de nourriture? Quelqu'un était-il passé le chercher pendant son sommeil? Mystère. Qu'à cela ne tienne, ces nouvelles odeurs l'ensorcelaient comme un parfum féminin. Il ouvrit la porte de la suite et trouva un autre chariot couvert de victuailles. Cette fois, il s'agissait de mets pour le petit-déjeuner. Croissants, brioches, fruits variés, crêpes, œufs, jambon, bacon, rôties, et quoi d'autre encore? Un véritable buffet à volonté pour lui seul! Impressionné et étonnamment affamé, Milos jeta un regard des deux côtés du corridor et ne vit personne. Sans se poser de question, il entra le chariot dans sa suite.

Il prit place sur le bord du lit et entreprit de goûter ces délices qui appelaient sournoisement son estomac. «Je n'ai pas l'habitude d'avoir si faim, le matin, quand je n'ai pas fait d'exercice… la nuit», se dit-il avec un sourire entendu.

Tout en mangeant, il pensa à Mila, qui avait mysté-rieusement disparu. Reviendrait-elle? Que lui réservait cette première journée en sol roumain? Mila tiendrait-elle sa parole et le conduirait-elle au château de son père aujourd'hui? Milos éprouva une montée d'adré-naline et d'euphorie comme celle qu'il avait ressentie en jouant devant l'écran du *Rocky Horror Picture Show* au Chelsea. Toute cette fortune! Tout ce pouvoir associé à l'argent! C'était grisant. Cependant, le jeune homme se trouvait déjà choyé par la vie, déjà chanceux d'avoir tout ce qu'il avait.

«Cet argent, ce pouvoir... ça ne changera pas ma vie, se promit-il. Ça ne *me* changera pas.»

Il eut une pensée pour Océane. Elle non plus, il ne voulait pas qu'elle change. Il l'aimait comme elle était. Forte, déterminée, passionnée, ambitieuse, drôle, intelligente, tellement belle!

— Étrange que chaque fois que je pense à ma vie, à mon avenir, je pense à toi, non? dit-il à Océane qui n'était pas à ses côtés pour l'entendre.

Comme il avait hâte de la retrouver et de tout lui raconter!

†

Québec, 16 octobre

Sarah n'en était pas à son premier vol, mais elle n'avait jamais pris l'avion sans ses parents. C'était une expérience nouvelle, mais à laquelle elle se prêtait avec un enthousiasme qui l'étonnait elle-même.

Malgré ses doutes et ses craintes, son mystérieux ravisseur à la limousine, monsieur Dumitru, avait jusqu'ici tenu ses engagements. Il s'était bel et bien assuré que lui et sa passagère arrivent à l'heure à l'aéroport de Montréal – Sarah avait d'ailleurs eu l'impression que la limousine flottait sur l'autoroute tant elle était confortable et rapide – et il l'avait courtoisement escortée jusqu'à l'avion nolisé qui les attendait et qui devait les transporter de la métropole québécoise à la capitale roumaine.

Sarah fut cependant surprise de constater que leur avion, un CRJ705, un appareil pouvant transporter jusqu'à soixante-quinze passagers à son bord, n'en contenait que… deux: monsieur Dumitru et elle! Un peu intimidée, la préadolescente fut néanmoins heureuse de rencontrer Marina, la jeune agente de bord attitrée à leur vol. Assise en classe affaires, Sarah se rappela certains vols où il avait presque été difficile de *respirer* tant l'appareil était bondé. Ce ne serait sûrement pas le cas cette fois-ci. Quel luxe!

Alors que l'avion survolait l'Atlantique, Sarah pensait à son beau Simon qu'elle avait si hâte de retrouver et qui serait sûrement impressionné par le récit de ce voyage impromptu dans les Carpates. Soudain, la jeune fille fut saisie par une sensation étrange qu'elle n'avait jamais ressentie auparavant: une sensation humide qu'elle se mit à deviner entre ses jambes et sur ses fesses. Il s'agissait d'une perception nouvelle, troublante, inconnue. Sarah fronça les sourcils et tenta de comprendre ce qui lui arrivait. Elle n'avait tout de même pas uriné dans sa culotte? Franchement! Elle était assez grande pour se contrôler. Alors quoi? D'un seul coup, tout devint limpide. Son corps en transformation avait choisi ce moment pour lui faire vivre une nouvelle expérience. Sarah connaissait ses premières menstruations.

— Je peux t'apporter quelque chose, Sarah? demanda Marina, attentionnée.

Saisie, la passagère sursauta et tourna son regard vers son interlocutrice, comme si elle venait d'être prise en flagrant délit.

Marina comprit que quelque chose n'allait pas.

— Je peux faire quelque chose pour toi?

Sarah jeta un regard à monsieur Dumitru qui s'était endormi dans son fauteuil incliné, de l'autre côté de l'allée. Ce n'était pas une expérience qu'elle voulait partager avec une personne de la gent masculine. Encore moins avec un homme qu'elle ne connaissait que depuis quelques heures! Elle ferma les yeux, soulagée de voir que son accompagnateur dormait. Puis, les rouvrant, elle inspira profondément en allant chercher le regard de Marina avant de déclarer solennellement:

— Je pense que… j'ai mes menstruations.

Mal à l'aise, Marina s'étonna que Sarah ressente le besoin d'annoncer une telle chose à une étrangère. Après tout, il n'y avait rien de bien particulier là-dedans. C'était normal d'avoir ses règles tous les vingt-huit jours. On n'en faisait pas l'annonce à tout le monde. On utilisait des produits d'hygiène féminine et la vie continuait.

— Tu as oublié d'apporter ce qu'il faut? demanda-t-elle, croyant comprendre pourquoi Sarah en parlait.

Le malaise grandissant de Sarah fit enfin réaliser à l'agente de bord que l'étudiante n'avait pas seulement ses menstruations, mais qu'elle vivait ses *premières* menstruations!

— Oh! Excuse-moi! Que je suis bête!

Sarah eut un petit sourire timide et Marina reprit, se souvenant de l'inconfort qu'elle avait ressenti elle-même lors de ses premières règles.

— Tu as besoin d'aide?

Sarah fronça les sourcils et Marina réalisa qu'elle n'avait peut-être pas utilisé les bons mots.

— Euh… excuse-moi. Je veux dire… suis-moi. J'ai tout ce qu'il faut.

Quand Sarah, soulagée, se leva d'un bond pour suivre Marina, elle eut l'impression qu'un barrage sur une rivière agitée venait de céder. Horrifiée, elle ferma les yeux et se mordit la lèvre inférieure en retenant son souffle, immobile. Lorsqu'elle se remit à inspirer, résignée à se préparer au pire, elle crut que l'odeur de ses premières règles avait envahi tout l'appareil. Bien sûr, il n'en était rien, mais son odorat aiguisé lui jouait des tours sérieux. Heureusement, elle ne semblait pas avoir taché son siège, mais elle marcha timidement vers la cabine de toilette en tentant de ne pas trop écarter les jambes. Sa culotte, ses collants et sa jupe réglementaire du Petit Séminaire étaient trempés. Il lui fallait changer de vêtements, mais elle n'avait rien apporté avec elle. Après tout, en quittant la maison ce matin, il n'avait jamais été question de voyage dans sa tête. Que ferait-elle? Quel cauchemar!

Marina, qui marchait quelques pas devant elle, se tourna et lui sourit avec compassion. Elle avait vécu la même chose une décennie auparavant. Rien n'était plus naturel. Et, comme Sarah, c'était arrivé dans un avion.

C'était d'ailleurs pendant ce voyage qu'elle avait décidé qu'elle voulait devenir agente de bord !

Sarah réalisa que son corps voulait simplement lui signifier qu'elle passait de la phase enfant à la phase jeune femme. «Oui mais… est-ce que c'était vraiment nécessaire que tu fasses ça dans un avion ?» se demanda-t-elle en levant les yeux, comme si elle avait voulu gronder son organisme.

Bucarest, 16 octobre

Après s'être gavé dans le buffet qui avait été laissé pour lui, Milos passa sous la douche, question de se réveiller comme il faut. L'eau coulant sur son corps le ravigota et lui donna l'énergie nécessaire pour affronter la grosse journée qui l'attendait.

En sortant de la cabine de douche, il sursauta en apercevant Mila, debout dans le cadre de porte de la salle de bains.

— Bien dormi ?

Bon. C'était fait. Mila l'avait vu dans son costume d'Adam. Plus nécessaire de se couvrir.

— Je me demandais justement quand tu allais refaire surface, dit Milos en séchant ses cheveux avec la grosse serviette moelleuse. Je t'ai cherchée hier soir.

— Tu veux dire avant-hier soir. Tu as dormi… longtemps.

— Hein ? fit Milos, un peu perdu.

— Oui. Tu as dormi… c'est lundi aujourd'hui.

Milos demeura muet, bouche bée. Mila sourit en le regardant par ricochet dans le grand miroir au-dessus du comptoir de la salle de bains.

— Je me suis éclipsée, question de ne pas te distraire. Je tenais à ce que tu profites pleinement de ta nuit…

— J'en aurais profité davantage si tu étais restée, non? interrompit Milos avec un sourire en coin.

— … de sommeil, compléta Mila en regardant toujours le jeune homme dans les yeux.

Milos finit de s'essuyer et roula la serviette pour la mettre autour de son cou. Il avait le sens de la provocation, c'est le moins que l'on puisse dire! Fier comme un paon, il marcha vers Mila qui lui céda le passage pour qu'il puisse retourner dans la chambre.

— Tu as apprécié les repas qui t'ont été proposés? poursuivit-elle, faisant fi du manège de son interlocuteur qu'elle ne voulait surtout pas encourager.

— Les repas? Tu veux dire les buffets! Tout était délicieux. Merci. Dis-moi: est-ce que ce sera toujours comme ça maintenant? C'est ça, ma nouvelle vie?

— Tu es le seul maître de ton destin, Milos.

Cette phrase ramena les parents du jeune homme à sa mémoire. Ils avaient été les maîtres de son destin pendant les premières années de sa vie. Ils l'avaient judicieusement conseillé, encouragé, entraîné, poussé à développer ses nombreux talents. Que deviendraient-ils maintenant? Comment réagiraient-ils lorsqu'ils apprendraient qu'il savait tout à présent ? Savaient-ils eux-mêmes qu'ils avaient adopté le fils de Dracula ?

Milos ouvrit toutes les valises pour faire l'inventaire des vêtements que Mila lui avait fournis.

— On voit que tu as du goût, se permit-il de commenter en parcourant les nombreux morceaux qui s'offraient à lui.

Mila se contenta de sourire.

— Tu es certaine de vouloir que je m'habille tout de suite ? tenta-t-il à nouveau en s'approchant de Mila.

Celle-ci reçut Milos dans ses bras et caressa douce-ment les cheveux et les épaules du jeune homme avant de chuchoter :

— Je te l'ai dit hier soir, mon beau. Tu es mignon, tu me plais bien, mais je ne suis pas là pour ça. Allez ! Habille-toi.

Milos insista, encouragé par les mots flatteurs et les caresses de la belle jeune femme.

— Sommes-nous si pressés ? Nous pouvons bien prendre un peu de temps, non ?

Le visage de Mila changea. Elle devint instantané-ment froide et distante, les limites de sa patience ayant été dépassées.

— Écoute : je ne suis pas une escorte, tu m'entends ?

Milos recula d'un pas, soufflé par les paroles de Mila.

— Mais je… je sais… Je n'ai jamais…

— Je ne sais pas ce que tu feras de ta vie après que je t'aurai laissé au château de ton père… et ça ne me regarde pas. La seule raison de ma présence auprès de toi, c'est que je dois te conduire là-bas. Compris ?

Mal à l'aise, Milos prit la serviette qu'il avait toujours autour du cou et la noua autour de sa taille. La nudité n'était plus vraiment de mise en pareilles circonstances !

— Excuse-moi, dit-il, penaud. Je ne voulais vraiment pas t'insulter. Au contraire. Je te trouve tellement belle. Irrésistible, même. C'est tout. Je ne voulais surtout pas insinuer que… Je suis vraiment désolé.

Mila fut touchée par cette demande de pardon.

— Je me suis comporté comme un enfant gâté qui croit que tout lui est dû. Excuse-moi, répéta Milos.

— Ce n'est rien. On efface tout.

Les yeux du jeune homme reprirent contact avec ceux de Mila. Il y vit une générosité sincère.

— Tu es vraiment une fille extraordinaire.

Elle accepta gentiment le compliment.

— Toi aussi, tu es un garçon formidable. Océane, Cassandra et… les autres… sont chanceuses de te partager.

Le sourire taquin de Mila en disait long. Les yeux écarquillés de Milos aussi. Comment Mila pouvait-elle connaître le prénom de ses amoureuses ? Monsieur Cartwright, monsieur Harker, Mila… S'étaient-ils mis en équipe pour faire des recherches exhaustives sur le passé des héritiers de Dracula ?

— Tes sœurs aussi sont très chanceuses de t'avoir comme frère.

— Merci, Mila. Merci pour tout.

Milos s'habilla rapidement. Il était attendu au château de son père et avait bien hâte de rencontrer ses deux sœurs.

†

Lorsque l'avion de Sarah atterrit à Bucarest, monsieur Dumitru se réveilla. Il semblait encore fatigué et Sarah eut même l'impression qu'il avait pris de l'âge. Comment cela se pouvait-il alors que le vol n'avait duré que… trois heures ? La montre de Sarah était-elle brisée ou bien était-ce le décalage horaire qui était en cause ?

Heureusement pour elle, son accompagnateur ne fit aucune mention des nouveaux vêtements de la jeune fille. Sarah avait profité de l'eau chaude et des débarbouillettes que lui avait fournies Marina pour se rafraîchir dans la minuscule cabine de toilettes. Ensuite, avant d'enfiler les vêtements propres qui étaient mystérieusement apparus et qui lui faisaient comme un gant, Sarah avait suivi les pictogrammes iconographiques sur la boîte de serviettes hygiéniques que lui avait refilée sa complice. Puis, elle s'était souri timidement dans la glace et était ressortie, fraîche et dispose. Les nouveaux vêtements, apparemment neufs, plaisaient beaucoup à Sarah qui se passa la réflexion que l'acheteur ou l'acheteuse semblait connaître ses goûts.

Avant de quitter l'avion, elle embrassa Marina chaleureusement et profita de l'accolade pour la remercier discrètement de son aide. Sarah aurait évidemment préféré vivre
ce passage important de sa vie dans des conditions plus
propices, mais si ses premières menstruations avaient dû
se produire dans de telles circonstances, elle ne pouvait
qu'être reconnaissante d'avoir eu une amie comme
Marina pour partager ce moment avec elle !

En descendant de l'appareil, Sarah apprécia aussi le
fait que ses nouveaux vêtements soient plus chauds que
ceux qu'elle avait revêtus le matin même. En cette fin de
matinée d'octobre dans la capitale roumaine, il faisait
étonnamment frisquet.

La jeune fille, accompagnée de monsieur Dumitru, se
glissa rapidement dans la limousine noire qui attendait
à la sortie de la piste d'atterrissage. Elle jeta un dernier
regard vers la porte de l'avion et envoya la main à
Marina, qui l'imita gentiment. Lorsque Sarah prit place
sur la banquette, elle sursauta.

— Bonjour.

Devant elle, une femme, qui semblait avoir la jeune
vingtaine, lui souriait tendrement.

— Excuse-moi. Je ne voulais pas te faire peur.

— Ah, non, non, c'est… c'est la surprise. Je ne
m'attendais pas à voir quelqu'un.

— Je m'appelle Lucy. Je t'accompagnerai jusqu'au
château de ton père.

Sarah n'était pas encore habituée à ces mots : «le château de ton père», et ne pouvait s'empêcher de visualiser David lorsqu'on lui parlait d'une figure paternelle. Quand elle essayait de changer cette image dans sa tête, elle voyait l'acteur britannique Christopher Lee qui, pendant les années 1950 à 1970, avait personnifié le comte Dracula dans une série de films anglais produits par la compagnie Hammer. Sarah s'amusait parfois à les regarder en DVD quand elle voulait visiter le côté plus sombre, plus noir de sa personnalité. Comme elle avait hâte de voir une photo du *vrai* comte Dracula !

Sans réfléchir, elle demanda à Lucy à brûle-pourpoint :

— Est-ce que mon père ressemblait à Christopher Lee ?

Lucy fronça les sourcils.

— Je suis désolée. Je ne connais pas Christopher Lee. C'est un expert en arts martiaux ?

Ce fut au tour de Sarah de froncer les sourcils. Puis, elle eut un petit rire.

— Non, non, pas *Bruce* Lee ! Je parle de *Christopher* Lee… l'acteur anglais. Il jouait Dracula dans des vieux films.

Sarah réalisa que c'était peine perdue ; Lucy n'avait aucune idée de qui elle parlait. Elle n'insista pas, mais s'étonna du fait que sa nouvelle interlocutrice n'avait même pas pris la peine de saluer monsieur Dumitru.

Lui non plus, d'ailleurs, n'avait pas agréé la présence de la passagère supplémentaire.

Avec un sourire poli, Sarah observa attentivement Lucy. La jeune femme était d'une beauté à couper le souffle, presque surréaliste. Elle ressemblait à une poupée de porcelaine au teint très pâle. Ses yeux, ses lèvres, ses pommettes étaient sobrement dessinés, découpés, comme si elle avait été maquillée pour incarner une jeune première dans une pièce d'Alfred de Musset, la femme de Mozart dans *Amadeus* ou une courtisane dans *Les liaisons dangereuses* de Choderlos de Laclos. Elle portait ce qui ressemblait à une ancienne robe de nuit en coton diaphane, bordée de dentelles fines et d'élastiques aux poignets. Malgré l'apparente fragilité de sa voisine, Sarah devina sous la jaquette de Lucy une silhouette avec certaines rondeurs, sans être grosse. Elle ne put s'empêcher de penser que ce vêtement était bien mince pour cette journée froide. Peut-être le corps de Lucy était-il habitué au climat du pays?

— C'est parce que je n'ai jamais vu mon père, dit-elle à Lucy pour briser le silence. Et maintenant, il est mort. Vous le savez déjà, évidemment…

Lucy sourit poliment.

— Tu es très jolie, Sarah.

Le regard de Lucy sur elle intimida Sarah. Qui était cette femme? Une autre accompagnatrice tout simplement ou avait-elle une importance plus grande dans sa vie? Elle ne pouvait clairement pas être sa mère ou sa sœur ou… ?

— Les vêtements que je t'ai trouvés t'iront à ravir.

Sarah adorait recevoir des cadeaux mais, comme elle avait des goûts bien particuliers, des goûts modernes, actuels, à la mode, de son âge, elle s'inquiétait toujours lorsqu'elle devait accepter des présents de personnes qui n'avaient pas son âge. Elle avait beau être une bonne comédienne sur scène, dans ses cours d'art dramatique, elle n'aimait pas jouer la comédie dans la vie et avait toujours peur que ses remerciements ne paraissent pas sincères lorsqu'elle recevait un cadeau qui ne lui plaisait pas.

— Vous m'avez acheté du linge ?

Lucy sourit et se glissa entre deux banquettes pour s'approcher de l'avant de la voiture où attendaient plusieurs sacs de papier à poignée en corde, bourrés de papiers de soie multicolores. Avec l'agilité d'une grande jongleuse, Lucy agrippa la vingtaine de sacs et revint rapidement s'asseoir devant Sarah en déposant son butin.

— Tout ça, c'est… pour moi ? souffla Sarah, abasourdie.

Lucy acquiesça. Les yeux écarquillés, la jeune fille prit connaissance des nombreux sacs à l'effigie de ses marques préférées. Comme ça, sans plus de cérémonie, on lui remettait une garde-robe complète de vêtements griffés qu'elle convoitait depuis longtemps mais qu'elle recevait normalement au compte-gouttes, une pièce à la fois, à son anniversaire, à Noël, à la remise des bulletins si elle avait eu de bons résultats…

— Wow ! Je…

Comme une jeune enfant excitée après le passage du père Noël, Sarah eut le réflexe de se ruer sur les paquets, mais elle se retint. Est-ce qu'elle devait cette nouvelle maturité, cette nouvelle retenue à son entrée au secondaire, au début de l'adolescence, à son entrée dans l'univers des «grandes personnes»?

— Je peux? demanda-t-elle poliment après s'être éclairci la gorge.

— Mais bien sûr! dit Lucy.

Après s'être composée un visage sérieux et mature, Sarah prit le premier sac et en retira quelques feuilles de papier de soie avant de regarder à l'intérieur. Elle y découvrit un joli haut noir orné de dentelle assortie dont elle rêvait depuis des lunes. Lorsqu'elle le tint devant elle, les bras allongés, elle n'eut qu'à sourire pour que Lucy comprenne qu'elle ne s'était pas trompée. Le morceau était assez sobre pour qu'il soit acceptable pour une jeune fille de son âge et juste assez féminin et affriolant pour que Sarah s'y sente à l'aise et avantagée.

— C'est trop beau! Merci! s'exclama-t-elle. Est-ce que je peux le mettre tout de suite?

Lucy sourit avec un léger inconfort. Sarah fronça les sourcils. Puis, regardant autour, elle réalisa qu'elle ne serait pas à l'aise de se changer dans cet espace exigu sous le regard de monsieur Dumitru, qui semblait pourtant complètement désintéressé et qui n'avait pas regardé l'une ou l'autre des deux jeunes femmes depuis le départ.

— Je crois que tu aurais froid, aujourd'hui, avec ces bretelles… commenta Lucy.

— Ouais… vous avez raison, répondit Sarah en rougissant.

Elle décida plutôt de s'attaquer aux autres sacs et y découvrit des ensembles magnifiques, des robes à faire rêver – «Celle-là, si je l'avais eue l'année dernière, je l'aurais portée à mon bal de finissants de sixième année!» se dit-elle, pâmée –, de jolis dessous qui semblaient très confortables et judicieusement choisis pour elle, différents modèles de chaussures pour accompagner les tenues qu'on lui offrait, des accessoires et des bijoux qui lui firent tomber la mâchoire.

— Je suis morte et je me réveille au paradis, c'est ça? dit-elle à Lucy en guise de remerciement après avoir fait l'inventaire de tous les sacs.

Lucy se contenta de sourire et de dire:

— Je suis heureuse que tout te plaise, Sarah. Je suis certaine que tu seras ravissante dans chacun de ces vêtements. Tu l'es déjà, alors…

Touchée par ces compliments, Sarah se voyait marchant main dans la main avec Simon dans les rues du Vieux-Québec, portant certaines de ses nouvelles tenues. Comme elle avait hâte de montrer ces vêtements à Jolane, à Simon, à ses parents, à mamie Loulou.

— Tu pourras les essayer dans quelques heures… lorsque nous arriverons au château de ton père.

CHAPITRE 14

Transylvanie, 16 octobre

Flottant agréablement entre le sommeil paresseux et l'éveil imminent, Elizabeth roula sur elle-même en étirant ses muscles et se lova dans le très grand lit de sa suite au troisième étage du château de son père. Sa deuxième nuit avait été aussi profitable en repos que sa première. Comme elle était bien dans cette immense maison! Comme la vie y était paisible, facile. Avant d'ouvrir les yeux, la jeune femme se rappela qu'elle avait rêvé de Rick, ce garçon si charmant qu'elle avait hâte de retrouver, à qui elle expliquerait tout et qui, croyait-elle, comprendrait pourquoi elle l'avait laissé en plan.

Dans son rêve, elle avait retrouvé Rick à la gare de Killester et, au lieu de prendre le train avec lui, elle l'avait enlacé tendrement pendant que le véhicule ferroviaire partait sans eux. Rick avait eu un moment d'inquiétude, mais Elizabeth avait pris délicatement le visage de son amoureux dans ses mains et lui avait soufflé à l'oreille: « Le train est un moyen de transport sympathique, mon amour, mais… n'as-tu pas toujours rêvé de voler? » Rick avait embrassé Elizabeth tendrement mais fougueusement

– comme lui seul savait le faire, croyait-elle – et, ensemble, ils s'étaient envolés, enlacés dans les bras l'un de l'autre, pour survoler le continent européen. Elizabeth sourit dans son demi-sommeil et murmura :

— Bientôt, mon amour. Bientôt.

Lorsqu'elle ouvrit les yeux et se retourna, Elizabeth sursauta en poussant un petit cri. Madame Popescu était là, assise à ses côtés.

— Douce divinité, mademoiselle Elizabeth ! s'exclama la gouvernante en portant la main à son cœur. Excusez-moi. Je vous ai fait peur ?

— Euh… c'est que… je ne m'attendais pas à vous voir là, avoua Elizabeth en reprenant ses esprits.

— Je ne voulais pas déranger votre sommeil. Je vous ai apporté votre petit-déjeuner au lit. Il approche midi. Votre frère Milos et votre sœur Sarah arriveront bientôt. Si vous voulez vous préparer…

Elizabeth se redressa rapidement dans le lit. Elle allait enfin rencontrer son frère et sa sœur ? Ce n'était pas trop tôt. Elle attendait ce moment depuis deux jours maintenant et l'anticipation était à son paroxysme. Milos et Sarah. Elle aimait ces prénoms. Ils avaient quelque chose de… chaleureux, convivial, rassurant.

— Monsieur Morneau vous a préparé quelques-uns de vos plats favoris, enchaîna madame Popescu en s'affairant. Il a aussi ajouté plusieurs des viennoiseries que vous aviez tant appréciées hier matin. Il est si drôle ! Comme un enfant dans une boutique de confiseries. Tellement heureux de pouvoir cuisiner pour une maîtresse de maison si reconnaissante. Votre père ne l'a pas habitué à autant de compliments.

Elizabeth avait de la difficulté à s'habituer à son nouveau statut de «maîtresse de maison». Elle avait toujours l'impression que l'on parlait de quelqu'un d'autre lorsque cette expression était employée. Elle se rappela rapidement qu'elle aurait bientôt à partager ce titre avec sa sœur et que son frère serait sans doute le «maître de maison».

— Vous êtes tous si bons pour moi, dit Elizabeth en souriant à madame Popescu tout en ébouriffant ses cheveux aplatis par leur nuit sur l'oreiller.

Madame Popescu rougit humblement et essuya ses mains moites sur son tablier.

— Vous êtes gentille. C'est si facile de vous servir.

Mal à l'aise, Elizabeth vint pour parler, mais retint son commentaire. Madame Popescu sentit qu'Elizabeth voulait lui dire quelque chose et la pressa de le faire.

— C'est que… enfin… je ne voudrais surtout pas que vous interprétiez mon commentaire comme de l'ingratitude parce que… au contraire, j'apprécie tout ce que vous faites pour moi, mais…

— Mais… ? répéta la domestique, pendue aux lèvres d'Elizabeth.

— Mais c'est très étrange pour moi d'avoir des gens qui me servent, qui m'apportent tout ce que je demande. J'ai l'habitude de devoir faire ma part dans la maison, de participer aux tâches ménagères.

Croyez-moi, cette vie d'hôtel est très agréable, mais j'aimerais bien contribuer.

Surprise et soulagée, madame Popescu rigola. Elizabeth reprit la parole :

— Je comprends que ça vous fasse rire, mais… je ne suis pas une princesse. Je n'ai rien d'une princesse. Je suis Elizabeth Gurney de Killester en Irlande. Je suis une adolescente débrouillarde et… je n'ai pas les deux pieds dans la même bottine !

Madame Popescu rit de plus belle.

— Je ne connais pas cette expression, avoua-t-elle.

— Je veux dire que je peux très bien faire les choses moi-même.

Madame Popescu tourna vers Elizabeth un regard attendrissant.

— Vous êtes un véritable vent de fraîcheur dans cette maison, belle enfant.

La jeune femme réalisa qu'elle aurait beaucoup à faire avant de convaincre la gouvernante de lui confier quelques responsabilités. Néanmoins, elle appréciait la générosité et la spontanéité de cette femme qui connaissait la maison comme le dos de sa main.

— J'ai l'habitude de servir, mademoiselle Elizabeth. Je ne connais que ça et ça me plaît. Laissez-moi vous gâter.

Elizabeth haussa les épaules et sourit à sa nouvelle complice. Elle bondit de son lit et retira sa longue jaquette sans aucune pudeur. Après tout, madame Popescu était comme une mère alors il n'y avait pas de raison d'être gênée devant elle. Sur le fauteuil style Louis V dans un coin de sa chambre, Elizabeth trouva les vêtements que sa gouvernante avait sortis pour elle et les revêtit sagement. La longue jupe, le bustier aux allures de corset et le chemisier aux manches bordées de dentelle avaient un air gothique qui plaisait bien à Elizabeth. Madame Popescu semblait définitivement connaître ses goûts pour les vêtements et la jeune femme ne s'ennuyait pas du tout de l'uniforme de St. Mary's.

Pendant qu'elle brossait ses cheveux devant la glace au-dessus de sa commode, Elizabeth demanda spontanément à madame Popescu :

— Alors ? Ils arrivent quand, les deux autres ?

Madame Popescu s'esclaffa, amusée par la hardiesse de sa jeune maîtresse.

— Patience, mademoiselle Elizabeth. Mangez d'abord un peu et vous les verrez tout à l'heure. Ils sont en route.

— Vous êtes certaine qu'ils ont été prévenus ?

— Mais bien sûr, voyons !

— Alors pourquoi ne sont-ils pas encore là ?

Madame Popescu eut un sourire coquin.

— Je vous l'ai dit : ils ont emprunté des moyens de transport… différents du vôtre…

Elizabeth ne put s'empêcher de sourire en repensant au magnifique voyage qu'elle avait fait avec monsieur Bradley.

— À propos, avança-t-elle en picorant dans la grande assiettée de crêpes bretonnes couvertes de fraises fraîches et de crème fouettée à l'ancienne, vais-je un jour revoir monsieur Bradley ?

Le visage de madame Popescu s'assombrit et elle fronça les sourcils.

— Monsieur Bradley ? Je ne sais pas. Je ne connais pas de monsieur Bradley.

Elizabeth s'attrista. C'était quand même étrange que madame Popescu ne connaisse pas l'homme qui l'avait transportée jusqu'ici, non ? Après tout, elle savait qu'Elizabeth avait été portée par un homme mystérieux aux pouvoirs surnaturels qui avait le don de voler. Comment pouvait-elle ignorer son identité ? Peut-être Bradley n'était-il pas le véritable nom de l'homme ?

Elizabeth chassa ces pensées de sa tête et se concentra sur les goûts ensorcelants qui se mêlaient dans sa bouche en extase.

†

La limousine qui transportait Sarah, Lucy et monsieur Dumitru zigzagua sur le chemin de terre étroit qui montait vers le château du comte Dracula. Sarah tentait tant bien que mal de voir à travers les vitres teintées que Lucy lui avait recommandé de ne pas baisser, de peur qu'elle prenne froid. Après tout, l'hiver approchait en Transylvanie et il était préférable de faire preuve de prudence.

Les immenses arbres matures qui bordaient la route étaient à la fois magnifiques et sinistres. Sarah eut une pensée pour Blanche-Neige qui courait dans la forêt dans le conte des frères Grimm. Elle se dit qu'elle n'aurait pas le courage de s'aventurer entre ces arbres le soir ou la nuit, malgré son penchant pour les balades nocturnes et les sensations fortes.

Lorsque la longue voiture s'arrêta au milieu de l'entrée en fer à cheval, au pied du pont de bois qui chevauchait les douves devant le château, Lucy invita Sarah à ouvrir la portière, ce que la jeune fille fit volontiers. Elle sortit et, le souffle coupé devant la majesté du domaine et de cette maison impressionnante, leva les yeux jusqu'au sommet des tours qui surplombaient la tranchée. De près, le manoir était si colossal que Sarah dut se tordre le cou pour en saisir l'immensité. Les yeux écarquillés, elle s'imprégna de cette incroyable construction dont elle venait d'hériter avec son frère et sa sœur.

— C'est… Je… je capote ! bredouilla-t-elle aux deux autres passagers de la limousine avant de se retourner. Avez-vous vu…

Sarah s'interrompit. La limousine, son chauffeur et les deux passagers à son bord s'étaient volatilisés. À ses pieds, Sarah aperçut tous les sacs que lui avait donnés Lucy. Apeurée par tant de mystère, la jeune fille fit un tour sur elle-même, cherchant désespérément monsieur Dumitru et Lucy, sa nouvelle amie, comme un enfant perdu dans un centre commercial. Des êtres humains et des objets ne pouvaient pas disparaître ainsi. Il devait y avoir une explication logique, non ?

Troublée, Sarah se tourna vers la gigantesque porte de bois qui l'attendait au bout du ponceau. Elle se pencha pour agripper toutes les cordes des sacs qui gisaient à ses pieds. Lorsqu'elle releva les yeux, la grande porte de bois s'était ouverte et Sarah aperçut une dame qui lui tendait les bras avec un sourire des plus accueillants.

— Mademoiselle Sarah ! Ah, quel bonheur de vous recevoir. Henry, venez vite cueillir les paquets de mademoiselle Sarah. Ne vous fatiguez pas pour rien, belle enfant.

Sarah sourit, mal à l'aise. Même si les sacs étaient nombreux, ils n'étaient pas lourds. Son sac d'école pesait davantage sur ses épaules que les achats de Lucy.

Sans délai, Henry Lansing apparut aux côtés de madame Popescu et sortit chercher les bagages de la deuxième copropriétaire à se présenter au château. Enfilant ses longs doigts aux jointures proéminentes entre les cordes des sacs, le vieil homme sourit à Sarah, qui ne put s'empêcher de faire un rapprochement entre la taille imposante du majordome et la hauteur des tours du château !

— Merci… c'est gentil… Non, ça va. Je… je peux porter mon sac à dos moi-même. Merci.

Henry Lansing salua poliment Sarah de la tête et rentra dans la maison avec les sacs.

200

— Venez, venez, belle enfant! lança la gouvernante. Votre sœur Elizabeth a si hâte de vous rencontrer.

En marchant vers la grande porte, Sarah eut l'impression d'entendre une marche funèbre jouer dans sa tête. Elle chassa rapidement cette idée et sourit, se trouvant ridicule.

— Bienvenue chez vous. Je suis si heureuse que vous soyez là. Je suis Oleana Popescu, la gouvernante. Je travaillais pour feu votre père. Merci d'être venue.

— Enchantée, dit timidement Sarah pendant que madame Popescu refermait la grosse porte derrière elle.

†

La Lamborghini rouge de Mila filait à toute allure sur la route de terre qui menait au château du père de Milos. Ce dernier, malgré sa soif d'adrénaline et sa passion pour la vitesse, ferma les yeux à quelques reprises, sérieusement troublé par la conduite folle de la déesse roumaine.

— Tu… tu conduis… euh… Tu es très habile au volant, réussit-il à bafouiller après une courbe particulièrement bien négociée.

Mila se contenta de sourire.

Milos baissa les yeux vers les cuisses découvertes de Mila et eut envie de les caresser, mais se retint. Son orgueil masculin ne lui permettrait pas d'être rejeté deux fois dans la même journée… même si c'était deux fois par la même fille!

Lorsque la voiture s'arrêta dans un nuage de poussière devant l'immense château du comte Dracula, Mila se tourna vers Milos et lui adressa la parole pour la première fois du voyage :

— Te voilà rendu à destination, Milos.

Ce dernier, se sentant bousculé, regarda sa conductrice dans les yeux avant de dire :

— J'ai l'impression que tu veux te débarrasser de moi, que je n'ai été qu'un contrat de livraison pour toi.

Les yeux de Mila s'attendrirent.

— Mais voyons ! Tu sais bien que ce n'est pas ça.

La jeune femme, amusée, poussa un petit rire avant d'ajouter :

— Ah, les hommes ! Vous êtes bien tous pareils. Vous voulez toujours tout analyser, tout discuter, tout comprendre.

Milos fronça les sourcils. Quoi ? N'était-ce pas habituellement l'apanage des femmes, tout ça ? Mila sourit encore.

— Allez, tu es attendu, don Juan !

La jeune femme sortit de son bolide et alla cueillir les valises de Milos dans la malle de la voiture. Encore une fois, Milos pensa qu'il était étrange de faire porter ses bagages par une femme… Mais il n'en dit rien, ne voulant pas passer pour un macho.

— Je te souhaite beaucoup de bonheur dans ta nouvelle vie, Milos.

Les mots de Mila renfermant une forme d'adieu, Milos s'approcha de la jeune femme pour recevoir un dernier baiser. Il ferma les yeux et enlaça Mila, mais les rouvrit rapidement comme s'il avait été tiré d'un rêve pour se rendre compte que la déesse roumaine et la voiture de rêve s'étaient envolées en fumée.

Plus ou moins surpris, le jeune homme se contenta de sourire tristement et dit :

— Au revoir, Mila… et merci !

Et il souffla un baiser vers le ciel.

†

Le portail du château du comte Dracula s'ouvrit de nouveau et Milos se tourna vers la grande entrée. Émue comme une mère accueillant son fils prodigue, madame Popescu s'exclama :

— Mademoiselle Sarah ! C'est votre frère, monsieur Milos !

Comme s'il avait été hypnotisé ou somnambule, Milos se mit à marcher vers la grande porte alors que Sarah apparaissait dans l'ouverture, curieuse et émue. Le jeune homme fut soufflé par l'allure de sa jeune sœur, une fille empreinte de douceur, de pureté, d'émerveillement. Ses yeux en amande, ses cheveux d'ébène, sa peau légèrement rosie par la tension de cette première rencontre… comme elle était magnifique !

Sarah s'avança sur le ponceau pour rencontrer son frère à mi-chemin. Même à distance, il lui parut très grand. Comme il était beau avec ses yeux bleus, ses

cheveux blond sable et sa mâchoire de mannequin ! Ils
s'arrêtèrent tous les deux un moment, à quelques pas
l'un de l'autre, pour prendre le temps de plonger leurs
yeux dans le regard de l'autre. Ils s'observèrent pendant
quelques secondes – peut-être une minute, tout au
plus –, mais ce temps parut interminable à madame
Popescu qui s'inquiétait de leurs réactions, de cette
première rencontre… cette première impression si
importante. Milos posa lentement ses valises à ses pieds
sans quitter Sarah des yeux. Cette dernière ne s'aperçut
même pas que son frère avait abandonné ses bagages.
Elle et Milos vivaient un coup de foudre filial qui les
happait comme un tsunami.

Comme un grand frère d'expérience, porté par son
instinct, Milos posa sa main sur la joue de sa petite sœur.

— Bonjour, Sarah…

Cette dernière ferma les yeux et se laissa caresser par
son grand frère.

— Milos…

Transportée par l'émotion, madame Popescu porta
ses mains à sa bouche et ses yeux s'emplirent de larmes.

Milos se pencha vers Sarah pour l'enlacer. Celle-ci
l'accueillit à bras ouverts. Cette première rencontre
ressemblait davantage à des retrouvailles, comme si les
deux enfants avaient été séparés dans leur jeunesse.

— Est-ce qu'ils sont arrivés ? demanda Elizabeth, qui
descendait de sa suite au troisième étage, en apparais-
sant près de madame Popescu.

Celle-ci sursauta et, excitée, agrippa Elizabeth par le bras et la tourna vers son frère et sa sœur enlacés sur le ponceau.

— Regardez! s'exclama-t-elle, envahie par le bonheur.

Tenant toujours Sarah dans ses bras, Milos leva le regard sur Elizabeth qui inspira rapidement, surprise et émue de croiser le regard de Milos pour la première fois. Son frère était là. Sa sœur aussi. Enfin. Ils s'étreignaient sous ses yeux. Bientôt, elle les serrerait contre elle à son tour. Était-ce possible? Rêvait-elle?

— Ce sont bien eux, dit madame Popescu en caressant doucement le dos d'Elizabeth, comme si elle l'encourageait à aller rejoindre Sarah et Milos.

Elizabeth n'arrivait pas à bouger. Ses pieds semblaient rivés au sol. Une larme s'échappa et roula sur sa joue gauche.

Comprenant que, même si Sarah était arrivée avant lui, elle n'avait toujours pas rencontré Elizabeth, Milos relâcha l'étreinte avec sa petite sœur et lui dit:

— Elizabeth nous attend, Sarah.

Cette dernière se tourna vers sa grande sœur et s'élança spontanément pour se jeter dans ses bras. Elizabeth l'accueillit chaleureusement et la serra fort contre elle. Les deux sœurs se mirent à pleurer, leurs émotions basculant tour à tour entre le bonheur de se rencontrer enfin et la tristesse d'avoir été séparées pendant toutes ces années sans même savoir que l'autre existait.

Laissant ses bagages en plan, Milos s'approcha lentement et entra dans la maison sous le regard attendri de madame Popescu.

— Mais oui, entrez, entrez! Bienvenue chez vous.

Souriant à madame Popescu mais demeurant muet pour éviter un débordement d'émotion, Milos enlaça ses deux sœurs déjà étreintes comme un papa ours protégeant sa progéniture.

Les mots semblaient inutiles en pareille circonstance.

CHAPITRE 15

New York, 16 octobre

— Il ne vous a pas encore rappelée ? fit Matthew à madame Menzel qui téléphonait pour la troisième fois de la journée. Pourtant, je lui ai fait vos messages. Mais, vous savez, Milos est très occupé ces jours-ci. Il termine un court-métrage et c'est une véritable course contre la montre.

Matthew était fier de la vraisemblance de ses mensonges, mais commençait à croire qu'il devrait les prendre en note pour ne pas se faire prendre à son propre jeu.

— Oui, madame Menzel. Promis. Je lui dis de vous appeler dès que… En fait, je composerai moi-même votre numéro dès qu'il passera la porte et je lui mettrai le téléphone sur l'oreille pour être bien certain qu'il vous parle !

Rassurée, la mère de Milos rit un peu, remercia Matthew une énième fois et raccrocha. Une fois de plus, le charme de Matthew l'avait aidé à surmonter un problème.

— C'est de plus en plus ridicule ! proclama Océane dès que Matthew eut raccroché. On ne pourra pas mentir à ses parents indéfiniment…

— Et aux professeurs et à la direction de l'Academy non plus, énonça le colocataire de Milos.

Il évita de parler de Cassandra qui, elle aussi, ne cessait d'appeler. Comme la boîte vocale du téléphone portable de Milos était pleine, elle avait entrepris de téléphoner régulièrement sur celui de Matthew. Ce dernier se poussait toujours dans sa chambre pour lui parler, faussant compagnie à Océane, prétextant qu'il s'agissait de Kevin ou d'un autre de ses amoureux – fictifs, ceux-là !

— Je sais que Milos est un grand garçon, dit Océane, mais disparaître comme ça, pendant plus de deux jours, ce n'est pas normal. Je suis vraiment très inquiète. Est-ce que je l'ai déjà dit ?

L'ironie dans la voix de la jeune femme était claire et fit sourire Matthew.

— Tu crois qu'il lui est arrivé malheur ? demanda-t-elle.

Matthew encercla les épaules d'Océane et la serra sur lui pour la rassurer.

— Mais non, ma chérie.

Les mots et la chaleur de Matthew n'étaient pas suffisants pour la sécuriser. Elle se blottit contre lui pour pleurer.

— On s'attache à ces petites bêtes-là, hein?
murmura le jeune homme.

†

Québec, 16 octobre

David et Lyne avaient mentalement divisé leur
quartier en deux et s'étaient séparés pour ratisser plus
large. Pendant plusieurs heures, ils avaient circulé à pied
dans les rues du Vieux-Québec à la recherche de leur
fille, chacun avec une photo de Sarah entre les mains. Ils
étaient entrés dans plusieurs commerces pour montrer
aux employés et aux propriétaires une photo de l'écolière. Quelques-uns d'entre eux la reconnurent, mais
affirmèrent ne pas l'avoir vue aujourd'hui.

— La dernière fois que je l'ai vue, elle allait rendre
visite à sa grand-mère, je pense, raconta madame
Landry, la propriétaire du dépanneur que Sarah
fréquentait régulièrement. Samedi, est-ce que ça se
peut? Elle est venue s'acheter des bonbons pour le trajet
en autobus.

Lyne remercia la dame en souriant péniblement et
sortit du dépanneur en retenant ses larmes. Elle entendit vaguement le « Bonne chance! » de la commerçante,
mais n'eut pas le courage de se retourner.

Son téléphone cellulaire sonna. C'était encore David.
À tous les coins de rue, ils s'appelaient pour se faire un
compte rendu. Ils allaient bientôt se rejoindre à mi-
chemin, mais n'avaient toujours pas de nouvelles de
Sarah. La panique était à son comble.

— Bon, écoute, dit David au téléphone, la voix tremblotante. On finit chacun notre trajet et, si on ne la trouve pas, j'appelle mon frère. Rencontre-moi sur Port-Dauphin devant le parc, d'accord?

L'idée d'appeler Jonathan – le frère de David, un ex-policier qui travaillait maintenant à son compte comme détective privé – était à la fois rassurante et inquiétante pour Lyne. Combien de fois le parrain de Sarah avait-il raconté des histoires de disparitions sordides où les victimes de kidnapping avaient été retrouvées sans vie, décapitées, démembrées, violées... Pas de doute que Jonathan était très compétent dans son domaine, et ses histoires étaient toujours palpitantes, mais Lyne n'aurait jamais pensé devoir faire appel à ses services professionnels un jour...

Complètement désemparée, l'enseignante acquiesça faiblement et, juste avant de raccrocher, dit:

— David?

— Oui?

— Je t'aime.

— Moi aussi, mon amour. On va la retrouver.

†

Killester, 16 octobre

— Lâche-le, Patrick! La violence n'a jamais rien réglé.

La mère d'Elizabeth avait dit ces mots presque pour la forme puisqu'elle aussi, si elle en avait eu la force, aurait voulu se défouler sur quelqu'un ou quelque chose. Mais elle avait vu l'inquiétude et le sentiment d'impuissance dans les yeux du jeune Rick. Peu importe ce qu'il avait fait ou ce qu'il avait comploté avec Elizabeth, elle était convaincue qu'il n'était pour rien dans sa disparition.

— Je suis vraiment désolé, monsieur Gurney, souffla l'adolescent soulagé lorsque le père d'Elizabeth le relâcha. Je ne sais vraiment pas où Elizabeth est partie, mais je ferai tout ce que je peux pour vous aider à la retrouver.

Sans dire un mot de plus, Patrick Gurney retourna s'asseoir à la table de la cuisine, raide comme un piquet. Visiblement abattu et épuisé, il se mit à sangloter.

—Venez avec moi à la cuisine, jeune homme, dit madame Gurney, convaincue que trois têtes valaient mieux que deux.

En partageant leurs souvenirs des dernières soixante-douze heures, ils arriveraient peut-être plus facilement à mettre ensemble les morceaux du puzzle.

Surpris, Rick accepta néanmoins l'invitation. Après avoir retiré ses chaussures, il suivit Molly. Sentant leur présence, Patrick inspira profondément et sécha ses larmes.

— Elle nous a écrit qu'elle partait avec toi, annonça froidement le père d'Elizabeth sans regarder son jeune interlocuteur.

— Je l'attendais à la gare, mais elle n'est jamais venue, dit timidement Rick sur un ton conciliant pour ne pas attiser la colère de monsieur Gurney.

Pendant de longues minutes, le jeune homme et les parents d'Elizabeth échangèrent sur les démarches qu'ils avaient entreprises de part et d'autre. Avec ses contacts dans le milieu médical, Molly avait appelé tous les hôpitaux et cliniques de Dublin et de ses nombreuses banlieues. Personne n'avait vu Elizabeth et aucune jeune femme correspondant à sa description n'avait été admise nulle part. C'était une bonne et une mauvaise nouvelle à la fois. Les parents d'Elizabeth étaient heureux que leur fille ne soit pas blessée ou pire, mais si elle avait été amenée à l'urgence ils auraient su où elle se trouvait et à quoi s'en tenir. Pour sa part, Rick avait appelé quelques-unes des amies d'Elizabeth – ses parents avaient fait la même chose, évidemment ! – mais personne ne l'avait vue. Il avait même appelé quelques garçons qu'il connaissait et qu'Elizabeth fréquentait à l'occasion. Cette affirmation fit sourciller monsieur Gurney, qui se promit une petite conversation avec sa fille lorsqu'elle rentrerait à la maison. Soudain, le paternel fut frappé par ce qu'il crut être un éclair de génie.

— Pourquoi n'y ai-je pas pensé avant ? demanda-t-il en se levant brusquement. Peut-être qu'elle est avec Timothy !

Saluant le génie de son mari, Molly porta les mains à sa bouche, tout heureuse. Mais oui ! Comment se faisait-il qu'elle n'y ait pas pensé avant ? Peut-être qu'Elizabeth était retournée voir son ex, ce jeune garçon si poli, si gentil, si convenable qu'elle avait laissé en plan sans raison apparente quelques mois plus tôt. Peut-être avait-elle réalisé qu'elle s'était trompée, qu'elle avait fait une erreur en le laissant si cavalièrement ?

Pendant que le père d'Elizabeth cherchait le numéro de téléphone des parents de Tim Roberts dans son carnet d'adresses, posé près du téléphone de la cuisine, Rick se sentit comme la cinquième roue du carrosse. Qui était donc ce Timothy ? Elizabeth ne lui en avait jamais parlé. Elle avait déjà un amoureux ? Non. Ce n'était pas possible. Elizabeth était trop vraie, trop sincère, trop transparente pour lui avoir caché une chose pareille. Soit, mais ce fut quand même au tour de Rick de se dire qu'il aurait une petite conversation avec Elizabeth à son retour !

— Bonjour, Carolyn ! Excusez-moi de vous déranger. Patrick Gurney à l'appareil. Oui. Vous… allez bien ? Heureux de l'entendre. Euh… je vous appelais parce que… nous avons un petit problème avec Elizabeth. Elle semble avoir fait une fugue et… Molly et moi, nous nous demandions si, par hasard, elle n'aurait pas contacté Tim ?

Molly retenait son souffle. Un long silence suivit la question de Patrick. La mère de Tim Roberts était allée consulter le principal intéressé qui fut bien étonné de la question, lui qui cuvait toujours sa peine à la suite de sa rupture avec Elizabeth. La jeune fille s'amusait-elle à lui tourner le fer dans la plaie, plusieurs mois plus tard ?

— Euh… Patrick ? Désolée. Tim n'a pas vu Elizabeth depuis plusieurs semaines et elle n'a pas tenté de le joindre non plus. Est-ce que je peux faire quelque chose pour vous aider ?

La compassion de Carolyn Roberts toucha le père d'Elizabeth, mais… qu'aurait-elle pu faire de plus?

Ce qu'ils croyaient être leur dernière lueur d'espoir s'éteignait comme toutes les autres.

— Merci, Carolyn. C'est gentil. C'est sans doute un petit malentendu. Nous… nous vous tiendrons au courant. Au revoir.

— Nous n'avons plus le choix maintenant, déclara solennellement Molly lorsque Patrick eut raccroché. Il faut contacter la police.

Elle prit l'appareil sans fil des mains de son mari et communiqua avec les autorités locales, qui lancèrent rapidement une alerte générale à tous les corps policiers irlandais. Ce soir-là, pendant les bulletins d'informations de fin de soirée, Molly et Patrick Gurney virent une photo de leur fille adoptive à la télévision et se blottirent l'un contre l'autre pour se donner des forces en attendant que sonne le téléphone.

CHAPITRE 16

Transylvanie, 16 octobre

Après s'être installés dans leurs chambres respectives et avoir visité le château avec madame Popescu et Elizabeth, Sarah et Milos redescendirent au salon principal avec leur sœur, question de s'apprivoiser petit à petit. Pendant quelques heures, la fratrie échangea sur les années perdues, sur l'enfance, sur ce qu'ils savaient de leurs adoptions – très peu de choses pour Sarah, rien du tout pour Elizabeth et Milos. Ainsi, ils apprirent peu à peu à se connaître.

Les trois héritiers du comte Dracula avaient passé leur enfance à se demander d'où leur venaient cette passion pour la nuit, le côté sombre de leur personnalité, leur penchant pour les films d'épouvante et ce plaisir tordu qu'ils prenaient à se mettre dans des situations pour se faire peur. Elizabeth et Sarah ne pouvaient certainement pas croire que ça leur venait de leurs parents adoptifs, si sages et si rangés. Milos avait toujours cru que ça pouvait avoir un lien avec la profession de son père, mais Vaclav Menzel ne serait peut-être jamais devenu entrepreneur de pompes funèbres si son père et son grand-père ne l'avaient pas été avant lui. Sans doute aurait-il fait un bon notaire, un bon actuaire ou un bon comptable… comme le père d'Elizabeth !

Milos et Elizabeth échangèrent beaucoup sur l'habileté avec laquelle leurs parents adoptifs respectifs avaient réussi à garder leurs adoptions secrètes. Jamais le couple Gurney ou le couple Menzel n'avaient laissé transparaître le moindre indice à ce sujet. Pourtant, Milos et Elizabeth – surtout cette dernière – avaient toujours eu l'impression d'avoir été parachutés dans des familles étrangères. Tout s'expliquait maintenant, et ni l'un ni l'autre ne ressentait la moindre animosité à l'égard de ses parents adoptifs qui avaient toujours été affectueux, généreux, dévoués à leurs enfants.

— Je n'arrive pas encore à croire que j'ai deux sœurs, répéta une fois de plus Milos, ses yeux écarquillés se promenant tour à tour sur Sarah et Elizabeth assises côte à côte sur l'énorme canapé antique. Vous êtes tellement différentes et semblables à la fois.

Les sœurs se regardèrent affectueusement. Elles avaient l'impression de se connaître depuis toujours, comme quoi les liens biologiques pouvaient être très forts. Elizabeth prit la main de Sarah dans la sienne.

— Je me reconnais même en vous, ajouta le jeune homme, ému.

— C'est fou que nous ayons tous le même père, mais trois mères différentes… dit Elizabeth.

Milos cligna des yeux.

— En tout cas, dans certaines des incarnations cinématographiques de notre père, il semblait très populaire auprès des femmes. Ce n'est peut-être pas si étonnant qu'il ait multiplié les conquêtes…

— Tel père, tel fils? interrogea Elizabeth, sourire en coin.

Milos rougit. Déjà qu'il n'était pas habitué d'échanger avec ses sœurs, lui qui avait été élevé seul, il était encore moins à l'aise de parler devant elles d'un sujet aussi intime et personnel que l'amour. Néanmoins, il eut envie d'aborder le sujet en toute franchise.

— Je ne pense pas que l'on pourrait me comparer à lui, avança-t-il sans sentir le besoin d'être sur la défensive. Premièrement, je ne suis pas un vampire. Je ne suis donc pas un prédateur.

Sarah et Elizabeth froncèrent les sourcils. Milos était dur à l'égard de leur paternel, mais elles savaient, en même temps, qu'il était sans doute réaliste. Du moins, c'est aussi ce qu'elles avaient retenu de leurs lectures sur le comte Dracula et des interprétations cinématographiques qu'on avait faites de lui. Il avait du charme, certes, mais il en abusait sans retenue.

— Deuxièmement, c'est vrai que j'aime les femmes, mais je pense que je les traite avec plus de respect.

Sarah et Elizabeth sourirent. Elles savaient que Milos disait la vérité.

— As-tu une amoureuse présentement? lança Elizabeth sans retenue.

Sarah faillit s'étouffer dans son verre de boisson gazeuse et Milos rougit à nouveau.

— Dis donc, tu n'as pas la langue dans ta poche, petite sœur! Es-tu journaliste au *National Enquirer*?

— Si je l'étais, ce n'est pas à toi que je poserais la question, répondit Elizabeth du tac au tac, toujours aussi taquine. Tu n'es pas encore assez célèbre pour que l'*Enquirer* s'intéresse à toi.

— Et vlan dans les dents! lança Sarah avant que les trois complices n'éclatent de rire.

Madame Popescu arriva à ce moment précis avec un plateau de biscuits et de gâteaux cuisinés par monsieur Morneau.

— Eh bien, vous semblez vous entendre comme larrons en foire. Ça fait plaisir d'entendre vos rires entre ces murs. La maison a été si triste pendant tellement d'années!

Elle déposa le plateau sur la table à café, au centre de la pièce.

— Encore des desserts, madame Popescu? Je vais devenir grosse comme une roulotte si vous n'arrêtez pas.

La gouvernante pouffa.

— Mais voyons, mademoiselle Elizabeth! Vous êtes très bien comme ça.

Elle prit place aux côtés d'Elizabeth sur le canapé et passa sa main potelée dans les cheveux de l'adolescente comme le ferait une mère affectueuse.

— Belle enfant!

Les yeux embués, elle jeta un regard vers Sarah avant de se tourner vers Milos, assis devant elles dans le fauteuil style Louis V, et essuya machinalement ses mains sur son tablier.

— Vous êtes tous si beaux. Merci. Merci d'être venus.

Sarah et Milos sourirent. Elizabeth, qui avait eu plus de temps pour développer une belle complicité avec madame Popescu, serra la dame rondelette dans ses bras.

— Mais le temps file et maître Harker n'est toujours pas là, dit Elizabeth.

— Patience, patience ! répondit madame Popescu en tapotant la cuisse d'Elizabeth. Il sera là d'une minute à l'autre.

La gouvernante se leva et quitta le salon.

Elizabeth, Sarah et Milos se regardèrent en silence pendant un moment. Ils comprirent rapidement que la même pensée occupait leurs esprits : le retard de maître Harker était troublant. Ils ne trouvaient pas du tout désagréable cette période d'apprivoisement qui leur était accordée, mais ils avaient terriblement hâte de savoir ce qui les attendait.

— Je ne sais pas ce que vous en pensez, chuchota Elizabeth en se penchant vers son frère et sa sœur, mais moi, je commence à m'inquiéter sérieusement de ce que mes parents pensent de ma disparition.

Les deux autres partageaient la même inquiétude. Milos eut une pensée pour son père et sa mère, mais aussi pour Matthew et Océane. Sarah songea à la fois à ses parents, à sa grand-mère, à Jolane et à Simon.

— Vous croyez que nous serons vraiment riches? demanda spontanément Sarah.

Le carillon de la porte retentit enfin.

— Je pense que nous aurons bientôt la réponse à ta question, Sarah, répondit Milos en se levant.

En chœur, le triumvirat inspira profondément, comme des comédiens l'auraient fait pour réprimer un trac de théâtre avant d'entrer en scène. Ils échangèrent un regard et éclatèrent de rire, amusés d'avoir tous eu le même réflexe.

Du grand salon, ils entendirent madame Popescu revenir de la cuisine et traverser le hall d'entrée pour ouvrir la porte.

— Maître Harker! Vous voilà enfin. Les enfants vous attendent depuis un moment.

— Toutes mes excuses, *doamnă* Popescu, répondit le notaire en retirant son couvre-chef.

— Entrez, entrez! Il fait si froid. Laissez-moi votre manteau.

De plus en plus nerveux, Sarah, Milos et Elizabeth échangèrent encore des regards sans oser parler.

— Passez au salon. Ils vous attendent.

— Merci, *doamnă* Popescu. Merci.

À son entrée au salon, madame Popescu présenta cérémonieusement maître Harker. Les filles connurent un moment de gêne car elles ignoraient si elles devaient faire une révérence.

— Mesdemoiselles, monsieur, dit maître Harker en souriant de toutes ses dents, je suis heureux de faire enfin votre connaissance.

Milos eut l'impression d'avoir affaire à un acteur de cinéma des années 1930 ou 1940. Il ne savait combien de vieux classiques il avait vus au fil des années, lui qui mangeait du cinéma depuis sa tendre enfance comme d'autres mangent du chocolat. Maître Harker avait quelque chose de ces vedettes de cinéma plus grandes que nature de la trempe de Humphrey Bogart, Gary Cooper ou Montgomery Clift. Quelle prestance ! Vêtu tout de noir et de blanc de surcroît, seul le teint rosé de sa peau indiquait qu'il n'était pas dans un film tiré de *Hollywood's golden era* !

Âgé d'une trentaine d'années, maître Harker était en effet l'antithèse du notaire tel qu'on se le représente. Il était jeune, il était beau, il semblait chaleureux et sympathique, pas du tout rigide ou coincé.

— Je vous remercie de votre patience, reprit-il. Vous n'êtes pas sans savoir que les routes ne sont pas faciles pour se rendre ici, n'est-ce pas ?

Elizabeth sourit en pensant à son vol avec monsieur Bradley, Sarah eut une pensée pour Lucy et monsieur Dumitru, alors que Milos se rappela ses échanges avec monsieur Cartwright et la belle Mila.

— Mais bon… Maintenant, je suis là et j'ai apporté tous les documents légaux qui vous permettront d'accéder à votre héritage, affirma le notaire toujours aussi souriant, en caressant son attaché-case.

La fébrilité était palpable. Sarah pensa au bien que cet argent ferait pour mamie Loulou; des images de longs-métrages à gros budget dansèrent dans la tête de Milos; et Elizabeth se plut à rêver à son indépendance, à la vie émancipée qu'elle partagerait peut-être avec Rick…

— Aimeriez-vous vous installer dans la bibliothèque? suggéra madame Popescu à maître Harker. C'est une des plus belles pièces de la maison.

— C'est mon endroit préféré, approuva Elizabeth.

— Alors, c'est d'accord, dit maître Harker. Je vous suis.

Tous les cinq traversèrent ensemble le hall d'entrée.

— Vous connaissez le chemin, miss Elizabeth, dit la gouvernante avant de s'éclipser pour aller suspendre le manteau de maître Harker.

— Merci, madame Popescu, répondit poliment l'adolescente.

Cette dernière ouvrit la grande porte de bois ouvragé et invita son frère, sa sœur et le notaire à pénétrer dans la bibliothèque avant elle. Cette pièce magistrale, qui se trouvait dans l'aile est de la maison, avait été décorée avec goût et disposait d'un éclairage à la fois chaleureux et suffisant pour lire confortablement. Des milliers de livres ornaient les dizaines de tablettes de bois sculpté, et des échelles sur rail, construites sur mesure, permettaient d'accéder facilement aux ouvrages placés en hauteur. On y trouvait même une impressionnante mezzanine accessible par un escalier en colimaçon construit en bois d'acajou. Au centre de la pièce trônait une immense table de bois massif assortie de douze fauteuils imposants qui paraissaient fort confortables. Malgré tout ce mobilier qui aurait pu s'avérer encombrant, la pièce était étonnamment aérée et pas du tout étouffante.

À la table, Sarah et Elizabeth prirent place côte à côte pendant que Milos s'assoyait en face d'elles, laissant maître Harker s'installer à l'un des bouts. Tout en parlant, le notaire entreprit de tirer de son porte-documents le testament de Vlad Tepes, le célèbre comte Dracula lui-même !

— C'est tout un honneur pour moi d'être ici aujourd'hui. Saviez-vous que je suis Jonathan Harker VI, l'arrière-arrière-arrière-petit-fils de maître Jonathan Harker qui s'est occupé de la vente de l'abbaye de Carfax au comte Dracula à la fin du XIXe siècle ?

Impressionnés, Elizabeth, Milos et Sarah se regardèrent, sans voix.

— Eh oui ! Et maintenant, j'assure la succession du même comte Dracula. Et cette même abbaye de Carfax, un joyau de l'architecture anglaise, figure sur ce testament. C'est quand même inouï, non ? J'en suis sincèrement ému.

Elizabeth, Milos et Sarah se firent simultanément la même réflexion. Comment maître Harker pouvait-il ne pas être troublé par le fait qu'il se préparait à lire le testament d'un homme qui avait acheté une propriété plus de cent dix ans auparavant ? Après tout, c'était une chose de s'occuper du testament d'un *descendant* du client de son arrière-arrière-arrière-grand-père, mais dans le cas présent, il s'agissait du testament du *même* client, six générations plus tard !

La chose ne semblait pas déranger maître Harker le moins du monde. Sans doute savait-il que le comte Dracula n'était pas… un homme comme les autres ?

Les trois héritiers du comte échangèrent un regard complice, les sourcils froncés, puis haussèrent les épaules à l'unisson. Cette incongruité supplémentaire n'allait certainement pas les faire reculer maintenant qu'ils étaient là et que tout allait se concrétiser.

— Vous êtes prêts ? demanda enfin maître Harker en déposant sa mallette près de son fauteuil et en caressant le document légal qui reposait devant lui.

Milos ne put s'empêcher de remarquer :

— Vous n'avez pas de lunettes de lecture ?

Un silence plana et maître Harker tourna un regard interloqué vers Milos.

— Dans les films, les notaires chaussent toujours des lunettes de lecture avant d'entreprendre la lecture d'un testament, non ?

Elizabeth et Sarah pouffèrent et maître Harker rit de bon cœur.

— Les *vieux* notaires, Milos, corrigea-t-il. Mais vous avez raison… Les notaires sont *toujours* vieux dans les films !

Amusés, les quatre s'esclaffèrent. Puis, maître Harker s'éclaircit la gorge avant de commencer la lecture du testament.

— *Testament du comte Vlad Tepes Dracul,* entreprit le notaire en balayant ses interlocuteurs du regard. *Je, soussigné, Vlad Tepes Dracul, dit le comte Dracula, homme d'affaires, domicilié au 6, des Carpates, région de Transylvanie, en Roumanie, né le 13 novembre 1431…*

— Qu'est-ce que vous dites ? interrompit Milos, abasourdi. Il né en 1431 ?

— Votre père était un homme… remarquable, répondit maître Harker, étonnamment serein. Certains diraient même… surhumain.

Cette affirmation cloua le bec de Milos et laissa Elizabeth et Sarah pantoises.

— *Je fais mon testament comme suit,* poursuivit maître Harker. *ÉTAT CIVIL… Je suis veuf, ayant épousé la princesse Cneajna de Transylvanie, Marishka Romanov, Aleera Van Susteren et Verona Montaigu, et ayant vécu en union libre avec Lucy Westenra, Wilhelmina Murray, Elena Mankiewicz, Victoria Buckingham, Lucy Clayton…*

Estomaqués, les trois enfants du comte écoutèrent la liste des nombreuses femmes qui avaient partagé la vie de leur père. Néanmoins, comme ils savaient qu'il avait vécu une vie beaucoup plus longue que n'importe quel mortel – près de six siècles, en fait! –, ils comprenaient bien qu'un être de sa trempe n'aurait pas vécu chastement pendant très longtemps!

Ils entendirent les noms de leurs mères dans cette liste, du moins les noms donnés par messieurs Bradley, Cartwright et Dumitru. Ils se passèrent la remarque que tout cela semblait étonnamment cohérent, même si c'était étourdissant!

— *Je révoque expressément tout autre testament, codicille et autre disposition testamentaire antérieurs au présent testament,* reprit maître Harker, les yeux tournés vers le document qu'il lisait.

— Êtes-vous vraiment obligé de nous lire tout ce jargon juridique incompréhensible? lança Elizabeth, impatiente.

Sarah et Milos se tournèrent vers elle, étonnés. Ils pensaient la même chose que leur sœur, mais n'auraient jamais osé couper la parole au notaire de façon aussi cavalière. Elizabeth n'avait vraiment pas froid aux yeux!

— Oui, malheureusement, répondit poliment le notaire avec un sourire entendu.

Elizabeth soupira de découragement pendant que Sarah et Milos contenaient leur déception.

— Bon, très bien, allez-y. Désolée… souffla l'adolescente.

Pendant plusieurs minutes, malgré les efforts sincères de maître Harker pour vulgariser cette langue qui leur paraissait étrangère, Milos, Elizabeth et Sarah écoutèrent sans rien comprendre de ce charabia légal hermétique et sans intérêt.

— *À mes trois enfants survivants, mon fils Milos Menzel, né Mircea Steven Mankiewicz…*

Ce fut au tour de Milos d'interrompre le notaire.

— Je m'appelais Mircea Steven ?

— Avant d'être adopté par les Menzel, oui, confirma maître Harker. Mircea était le prénom du grand-père de votre père, votre arrière-grand-père donc, et Steven a été choisi par Elena, votre mère biologique.

Ces prénoms plaisaient bien à Milos. Surtout Steven qu'il partageait avec plusieurs grands réalisateurs dont Spielberg et Soderbergh, des Juifs comme sa mère biologique, pour ne nommer que ceux-là.

— … *ma fille Elizabeth Gurney, née Mary Jane Clayton…*

Elizabeth eut le souffle coupé.

— C'est le prénom de ma grand-mère maternelle ! lança-t-elle avant de se raviser. Ma… grand-mère maternelle adoptive, devrais-je dire. La mère de Molly O'Neil, ma mère… d'adoption.

— C'est un curieux hasard, avoua maître Harker. Votre mère biologique, Lucy Clayton, était dévouée à la Vierge Marie et fan de la romancière Jane Austen. C'est pourquoi elle vous a baptisée Mary Jane.

Bien qu'Elizabeth n'ait jamais particulièrement apprécié les grandes épopées historiques de cette écrivaine – sans doute parce qu'on lui en avait imposé la lecture à l'école ! –, elle aimait néanmoins les prénoms que Lucy lui avait donnés. Elle eut un sourire nerveux qui donna à maître Harker le feu vert pour poursuivre sa lecture.

— *… et à ma fille Sarah Duvall, née Makiko Tepes…*

— Je suis la seule à porter le nom de famille de notre père ? demanda Sarah.

— Votre mère biologique y tenait, dit patiemment maître Harker.

Un court silence suivit. Il attendait de voir si Sarah, son frère ou sa sœur allaient lui poser d'autres questions. Lorsqu'il constata que personne ne prenait la parole, il enchaîna.

— *… je lègue en trois parts égales – dans leur état actuel ou la somme d'argent provenant de leur vente – mon château dans les Carpates en Transylvanie…* – «la maison où nous sommes présentement», se permit d'ajouter le notaire en levant les yeux –, *l'abbaye de Carfax en Angleterre, mon domaine du comté de York dans l'État du Maine, aux États-Unis…*

Les oreilles de Milos se dressèrent et ses yeux s'écarquillèrent.

— Notre père avait une propriété aux États-Unis ? Je n'avais jamais entendu parler de celle-là.

Le notaire répondit patiemment :

— C'est une acquisition récente. Une grande maison perchée au sommet d'une falaise rocailleuse surplombant l'océan Atlantique.

Le souffle coupé, Elizabeth, Sarah et Milos se regardèrent et comprirent rapidement qu'ils avaient non seulement hâte de voir cette propriété mais qu'ils souhaitaient la «garder dans la famille». Comment se départir d'une propriété au bord de la mer? Un rêve!

— Vous savez, ajouta maître Harker dans ses mots, même la maison dans laquelle nous nous trouvons présentement n'est pas vraiment celle qui est décrite dans les romans et les films que votre père a inspirés. Le personnage de fiction était quand même différent du personnage réel.

Les trois enfants du comte, en se rappelant ces films et ces livres, ne purent s'empêcher de songer: «Je l'espère bien!»

Maître Harker poursuivit sa lecture.

— *À ces biens immobiliers, je joins tous les meubles et accessoires qu'ils abritent. Je lègue également à Milos, Elizabeth et Sarah – toujours en trois parts égales – les coffres contenant tout mon or, sous forme de lingots et de barres.*

Les cœurs des trois jeunes se mirent à battre la chamade. Ce fut au tour de Sarah de poser une question irrévérencieuse.

— Ça vaut combien en argent?

Elizabeth et Milos pouffèrent de rire.

Le notaire Harker, amusé lui aussi par la spontanéité de Sarah, répondit :

— L'or s'évalue au poids et sa valeur fluctue quotidiennement selon le marché, mais je dirais que votre père en a au moins pour trente millions d'euros.

Elizabeth faillit défaillir. Elle mettrait donc le grappin sur près de dix millions d'euros lorsque tout cet or serait liquidé ?

— Ça représente combien en dollars canadiens ? demanda encore Sarah.

— Votre part seulement pourrait atteindre les douze ou treize millions de dollars canadiens, Sarah.

Cette dernière poussa un cri enfantin, se leva et se mit à danser partout dans la bibliothèque. Elizabeth et Milos riaient, tout heureux de voir Sarah faire ce qu'ils auraient voulu se permettre eux-mêmes !

— Est-ce qu'il y a autre chose ? demanda Elizabeth lorsque sa petite sœur se fut calmée.

— Oui. Je… je poursuis, dit le notaire en retournant à sa lecture. *À mon ancienne conjointe de fait, Rika Yoshioka, qui m'a donné ma fille Sarah, je lègue…*

Les corps des trois héritiers se raidirent.

— QUOI ? firent-ils en chœur.

— Ta mère est toujours vivante, Sarah ! s'exclama Elizabeth sans retenue.

Le notaire sentit qu'il devait rapidement éteindre le feu.

— Je ne dirais pas ça, Elizabeth. Le comte Dracula a rédigé ce testament il y a quelques années quand même et…

— Vous voulez dire que ma mère est peut-être morte depuis ? coupa Sarah, la voix néanmoins pleine d'espoir.

Le notaire sourit nerveusement.

— Je… En fait, je… je ne sais vraiment pas et… logiquement, euh… légalement, si votre mère était toujours vivante, elle aurait dû être ici aujourd'hui. Je… je ne sais vraiment pas quoi vous dire. À votre place, je ne compterais pas trop là-dessus. Votre père… enfin, le… le comte Dracula n'était pas un homme miséricordieux. Il ne pardonnait pas aux gens de son entourage qui refusaient de se conformer à son… mode de vie. Et votre mère…

Le notaire s'arrêta. Sarah, Elizabeth et Milos, voyant clairement que leur interlocuteur choisissait soigneusement ses mots, voulurent rapidement le libérer de son malaise.

— Vous pouvez continuer, dit Sarah timidement en se disant qu'elle était là pour une seule chose : mettre la main sur l'argent qui lui revenait pour pouvoir améliorer la qualité de vie de mamie Loulou et… gâter un peu ses parents adoptifs, les seuls parents qu'elle avait connus dans sa vie.

Maître Harker s'éclaircit la gorge et termina la lecture de sa phrase.

— … *qui m'a donné ma fille Sarah, je lègue mes bons du Trésor et mes actions à la Bourse de Londres qui se trouvent dans un coffre-fort derrière le Picasso dans la chambre des maîtres de l'abbaye de Carfax. Si, au moment de mon décès, Rika était mariée ou vivait en union libre, elle serait dans l'obligation de renoncer à la propriété de ces valeurs mobilières.*

Sarah, Elizabeth et Milos froncèrent les sourcils en même temps.

— En tout cas, il semblait certain que ma mère était toujours vivante quand il a rédigé son testament, non?

Un silence plana pendant un moment, personne ne sachant quoi dire. Il était clair que ce point du testament ne se réglerait pas ce jour-là.

Maître Harker reposa les yeux sur le testament pour en terminer la lecture.

— *Enfin, je lègue à Sarah et à Elizabeth tous les bijoux qui dorment dans les coffres-forts des différentes maisons. Elles pourront les partager à leur guise et ensuite vendre ou donner ceux qu'elles ne souhaitent pas garder. Je lègue le résidu de mes biens à la Société Audubon pour la protection de la faune.*

Encore une fois, les sourcils se froncèrent.

— Votre père était un excentrique et, quoi que l'on pense ou que l'on dise, il avait une âme de bienfaiteur.

— C'est tout? lança Elizabeth, d'un ton impatient et froid.

Le notaire eut un sourire timide.

— Pas tout à fait, dit-il d'une voix à peine perceptible. Maintenant, nous… euh, nous en arrivons aux conditions.

— Les conditions ? répéta Milos.

— Les conditions, répéta maître Harker avant de reprendre la lecture du testament. *Le présent legs à mes trois enfants est conditionnel à leur acceptation des règles qui suivent. Ils devront, avant la prochaine fête des Morts, entrer dans la grande famille des vampires et perpétuer la race en convertissant, tous les trois, chacun de leur côté, six de leurs proches, six humains qu'ils aiment d'un amour inconditionnel. Ces conditions sont incontournables et non négociables. Lorsqu'elles auront été respectées, Milos, Elizabeth et Sarah pourront toucher leur héritage qui est évalué à près de cent millions d'euros au moment de l'écriture de ce testament. En foi de quoi, j'ai paraphé chacune des pages du présent testament et je le signe en présence des deux témoins ci-après désignés. Vlad Tepes Dracul, dit le comte Dracula.*

Sarah, Elizabeth et Milos cessèrent de respirer un court moment qui leur parut aussi long que l'éternité.

CHAPITRE 17

Transylvanie, 16 octobre

— J'ai pensé que vous aimeriez du café et du choco-lat, chantonna une Oleana Popescu débordante de bonheur en pénétrant dans la bibliothèque avec son plateau de service. Monsieur Morneau fait le meilleur chocolat que j'aie jamais goûté…

Sarah pleurait silencieusement, les yeux baissés sur ses mains qu'elle frottait nerveusement sur ses genoux. Milos et Elizabeth, atterrés par la révélation de maître Harker, étaient sous le choc, pâles et sans voix.

— *Mulţumesc, doamnă* Popescu, dit le notaire d'une voix éteinte, mesurant l'effet du testament du comte Dracula sur ses héritiers.

Après avoir déposé son plateau, madame Popescu balaya du regard les enfants prodigues et s'inquiéta.

— Quelque chose ne va pas… constata-t-elle. Ah! Douce divinité! Ne me dites pas!

— Il veut… que nous devenions des **VAMPIRES**? poussa Milos en crescendo. Non mais, ça ne va pas?

Madame Popescu porta la main à son cou.

— Douce divinité !

Maître Harker demeura coi.

— Il veut que… que nous devenions des VAMPIRES ! répéta Milos qui se leva d'un bond, faisant reculer son fauteuil massif. Il se prend pour qui ?

— Il est le roi des vampires, souffla timidement madame Popescu, visiblement abattue.

Milos plaqua ses mains sur la table de toutes ses forces, ce qui fit sursauter les quatre autres personnes présentes.

— Je sais qu'il est le roi des vampires, vociféra Milos, mais il est mort maintenant ! Il ne pourrait pas laisser l'humanité s'autodétruire sans lui ?

Elizabeth inspira profondément.

— Maintenant qu'il n'est plus là, il veut s'assurer que la lignée ne sera pas interrompue.

Sarah pleura de plus belle.

— Mais moi, je ne veux pas devenir un vampire !

Hors de lui et faisant énergiquement les cent pas, Milos éclata :

— Moi non plus, je ne veux pas devenir un vampire, Sarah ! Qu'est-ce que tu penses ? Qui voudrait devenir un vampire ?

Elizabeth demeura muette.

— On m'a fait venir ici sous prétexte que j'hériterais d'une grande fortune et que je rencontrerais mes sœurs, enchaîna Milos. On ne m'a jamais dit que je devrais renoncer à ma vie telle que je la connais, que je serais obligé de vendre mon âme pour accéder à cette fortune.

— Vous croyiez vraiment que vous accéderiez à cette fortune sans aucune condition ? demanda paisiblement maître Harker comme pour calmer les ardeurs de Milos.

Ce dernier se sentit piégé.

— Ah ! s'écria-t-il. Je ne peux pas croire que j'ai été si stupide.

Madame Popescu s'assit silencieusement dans un coin et frotta ses mains ensemble, triste et impuissante. Elizabeth se tourna vers elle.

— Vous le saviez, madame Popescu ? demanda-t-elle.

— Oh non, miss Elizabeth ! Je ne savais rien. Je vous le jure sur les âmes de mes bébés décédés.

Milos reprit la parole.

— Mais vous qui connaissiez bien notre père, vous deviez avoir un petit doute, quand même.

Madame Popescu baissa la tête.

— J'espérais tellement, souffla-t-elle timidement. J'ai tant prié pour l'âme de votre père. J'ai imploré Dieu de lui donner la sagesse et la miséricorde nécessaires pour qu'il fasse le bien.

Elizabeth inspira profondément avant d'ajouter avec cynisme :

— Finalement, il nous aura prouvé qu'il n'était pas si différent du personnage de fiction qui a toujours été dépeint dans les livres et dans les films…

Madame Popescu se mit à pleurer.

— Je vous demande pardon, pauvres enfants. Je vous demande pardon. J'espérais tellement…

Elizabeth se leva et alla consoler la gouvernante.

— Nous ne vous en voulons pas, madame Popescu, dit-elle en allant chercher l'approbation des deux autres du regard. Nous savons que vous n'y êtes pour rien.

— Vous ne pouvez pas savoir combien j'ai voulu que cette maison retrouve une âme… humaine, si je puis dire. J'avais tant d'espoir que vous pourriez y vivre dans le bonheur, dans la sérénité.

Se sentant complètement impuissant et commençant à renoncer mentalement à cette fortune qui lui avait été promise, Milos s'immobilisa devant maître Harker.

— Toute cette aventure aura été une perte de temps monumentale, vous vous rendez compte ? Maintenant, il faut rentrer chez nous. Nous avons tous des familles, des amis qui nous attendent.

— Ils doivent être tellement inquiets, sanglota Sarah en séchant ses larmes. Je pensais que je pourrais changer la vie de mamie Loulou avec mon argent…

La jeune fille se leva, comme si elle s'apprêtait à partir. Elizabeth poussa un soupir de découragement.

— Quel gâchis! lâcha-t-elle. J'espère au moins que vous avez prévu de l'argent pour notre retour? Étant donné que nous retournerons à la maison les mains vides, il faudrait au moins que vous payiez nos billets d'avion pour que nous puissions rentrer chacun chez nous!

De plus en plus porté par la colère, en bon grand frère protecteur qu'il était devenu, Milos s'écria avec cynisme:

— C'est vrai! Est-ce que Sa Majesté le grand comte Dracula avait prévu une clause à son testament dans l'éventualité où ses héritiers lèveraient le nez sur son offre?

— Quoi? fit maître Harker, soudain paniqué. Qu'est-ce que vous dites? Mais vous ne pouvez pas refuser. Vous devez accepter!

Sarah, Elizabeth et Milos regardèrent le notaire, médusés.

— Quoi, nous *devons* accepter? demanda Elizabeth. Qu'est-ce que ça veut dire?

— Ça veut dire que...

Maître Harker se tut, se rappelant les consignes précises qu'il avait reçues. «Il ne faut déroger à rien», se dit-il en tentant de se redonner une contenance. Il se racla la gorge.

— … que vous ne pouvez pas refuser une offre si alléchante, affirma le notaire avec un sourire forcé. Vous devez respecter le testament. Pensez à toute cette fortune…

Ce fut au tour de madame Popescu de se lever d'un bond.

— Non, maître Harker, jamais! dit la gouvernante, tranchante. Si cette fortune venait sans aucune condition, ce serait différent, mais…

Étonnés de la détermination de la domestique, les trois héritiers la regardèrent, bouche bée. Madame Popescu réalisa qu'elle avait dépassé les limites et qu'elle n'avait aucun droit de regard sur l'avenir ou sur les décisions de ces enfants qui, après tout, n'étaient pas les siens. Son cœur de mère s'était tout simplement emporté.

De plus en plus agité, maître Harker se voulut néanmoins conciliant et compréhensif. Après tout, il n'était pas difficile pour lui de comprendre le désarroi des trois jeunes.

— Écoutez, je… Vous avez sans doute besoin d'un peu de temps pour discuter de tout ça… en famille. Je peux vous laisser seuls et… revenir un peu plus tard?

Voyant que personne ne répondait au notaire, madame Popescu trancha, tentant de maintenir un ton optimiste.

— Bonne idée, maître Harker. Laissons ces enfants décider de ce qu'ils veulent faire. Après tout, c'est beaucoup d'un seul coup, non?

— C'est ce que je me disais, *doamn* Popescu.

La gouvernante accompagna le notaire vers la porte de la bibliothèque. Quand ils quittèrent la grande pièce, madame Popescu invita Harker à prendre place dans le salon où il avait salué les enfants de son client moins d'une heure auparavant.

Milos poussa un soupir d'exaspération.

— Bon! Maintenant, qu'est-ce qu'on fait? demanda-t-il, pragmatique et démocratique à la fois.

— En tout cas, moi, je veux appeler mes parents, affirma Sarah, catégorique. Ils doivent être morts d'inquiétude. Ma mère doit penser que j'aie été kidnappée, tuée, violée… surtout qu'elle enseigne au collège que je fréquente. Vous imaginez sa tête quand elle s'est présentée au travail et qu'elle a appris que je n'étais pas là?

Tentant d'être patient parce qu'il devait toujours garder en tête que Sarah avait cinq ans de moins que lui, Milos dit:

— C'est certain que nous appellerons nos parents. Mais avant, il faut décider de ce que nous allons faire. Accepterons-nous les conditions du testament ou partirons-nous les mains vides?

Sarah n'en revenait pas que Milos lui pose la question.

— Nous quittons les mains vides, voyons! Nous n'allons tout de même pas devenir des vampires seulement pour de l'argent?

Elizabeth demeurait impassible, silencieuse.

— Ce n'est pas seulement une question d'argent, rétorqua Milos. Devenir un vampire, ça veut dire cesser de vieillir, avoir la vie éternelle…

— Se nourrir du sang d'autres êtres humains, Milos, tu imagines ? s'écria Sarah en retenant un haut-le-cœur. Moi, en tout cas, je ne veux pas. Elizabeth, dis quelque chose !

L'adolescente sursauta légèrement en sortant de ce qui ressemblait à un état catatonique.

— Quoi ?

— Tu ne dis rien ? Tu veux devenir un vampire, c'est ça ? lança Sarah sans retenue.

Elizabeth réfléchit encore quelques secondes avant de dire :

— Je ne suis pas convaincue que ce serait si mal.

— Quoi ? Mais tu es folle ! s'exclama Sarah, horrifiée. Milos, dis-lui qu'elle est folle !

Milos ne répondit pas.

— Quoi ? Toi aussi ? Vous n'êtes pas sérieux ? Vous n'êtes pas vraiment en train de vous demander si vous voulez devenir des vampires ?

Elizabeth et Milos se regardèrent sans pouvoir répondre.

— Je croyais vous connaître, poursuivit Sarah au bord des larmes. Je croyais que nous pensions les mêmes choses, que nous voyions les choses de la même façon.

Un sentiment de trahison l'envahit.

— Eh bien, pour moi, c'est non. Je ne deviendrai pas un vampire… et je ne reviendrai pas sur ma décision. Je trouverai bien une autre façon d'amasser de l'argent pour aider mamie Loulou. Je n'ai même pas encore fini de…

Sarah s'arrêta net. Voulait-elle vraiment entrer dans des considérations intimes devant son nouveau frère et sa nouvelle sœur ?

— Ah, et puis tant pis ! J'ai mes RÈGLES !

Elizabeth et Milos se tournèrent vers Sarah, respectivement interloquée et mal à l'aise. Sarah réalisa qu'il lui faudrait donner plus de détails pour qu'on cesse de la regarder de cette façon.

— J'ai mes PREMIÈRES règles ! Là ! Maintenant ! Mon corps commence à peine à se transformer. Je ne suis pas encore une femme. Je ne suis pas prête à stopper ma croissance maintenant, comprenez-vous ?

Le regard d'Elizabeth devint doux et presque maternel. Elle poussa un soupir de tendresse et d'admiration que Sarah interpréta comme de la condescendance.

— Ne me regarde pas comme si j'étais un bébé, Elizabeth ! dit-elle, insultée. Je ne suis justement plus une enfant. Mais je ne suis pas encore une femme et je veux donner la chance à mon corps de se transformer.

Elizabeth et Milos écoutaient Sarah sans savoir quoi répondre. Elle prit leur silence pour de l'incompréhension et poussa un soupir d'exaspération.

— Je veux que mon corps se DÉVELOPPE, bordel de merde! s'écria-t-elle en portant ses mains à ses seins qui commençaient à peine à se former. Vous ne comprenez donc rien?

Elizabeth regarda Sarah tendrement et Milos détourna le regard, devenant écarlate sous l'effet de la gêne.

— Si je deviens un vampire maintenant, je ne deviendrai jamais une femme à part entière. Complètement adulte, je veux dire!

Elizabeth comprit sa petite sœur.

— Tu as raison, Sarah. C'est injuste de te demander ça. Nous allons tous rentrer à la maison et reprendre nos vies normales. Tiens!

L'adolescente tendit à Sarah son téléphone cellulaire qu'elle avait réussi à recharger.

— Appelle tes parents. Dis-leur que tout va bien, que tu es en sécurité. Rassure-les. Dis-leur que tu les aimes et que tu rentreras bientôt à la maison. S'ils te posent des questions, fais semblant que le téléphone fait défaut et raccroche rapidement en disant quelque chose comme: «Je vous aime. J'arrive bientôt. Bye!»

Sarah fronça les sourcils et eut un sourire coquin qui lui fit oublier la gravité de la situation.

— Tu as l'air d'avoir fait ça souvent...

Elizabeth caressa le dos de sa petite sœur.

— L'expérience vient avec l'âge, mon enfant.

Les trois héritiers échangèrent un sourire. Sarah enlaça Elizabeth avant d'accepter son téléphone.

— Allô, maman ? C'est Sarah.

†

Quelques minutes plus tard, Sarah terminait sa conversation avec sa mère qui, bien que terriblement confuse et perturbée, fut rassurée de savoir que sa fille était vivante et n'était pas détenue contre son gré. Il était clair pour Sarah qu'elle aurait à fournir de sérieuses explications pour justifier son absence, mais… « Une chose à la fois », avait dit Elizabeth lorsque sa petite sœur avait soulevé ce point.

Suivant son propre conseil, Elizabeth avait ensuite composé le numéro de la maison familiale et avait parlé rapidement à Patrick pour le rassurer, lui demander pardon d'avoir fait peur à ses parents, à Rick – qui, selon son père, était passé à la maison parce qu'il s'inquiétait aussi, ce qui fit rosir Elizabeth de bonheur –, à son frère Michael. Quand Patrick avait commencé à parler de l'école, Elizabeth s'était mise à faire des grésillements dans l'acoustique et s'était excusée rapidement en promettant de rentrer bientôt, saine et sauve.

Milos avait ensuite emprunté le téléphone d'Elizabeth pour appeler Matthew qui, avec son exubérance habituelle, avait manifesté son soulagement, crié des remerciements au ciel et promis qu'il deviendrait catholique même si cette religion était encore moyenâgeuse à l'égard des homosexuels !

— Ce ne sera pas nécessaire, répondit Milos en riant.

— Et qu'est-ce que tu fais de ma promesse ? renché-rit Matthew. En tout cas, il faudra que tu me racontes tout. Tes parents sont dans tous leurs états, mais je leur parlerai. Compte sur moi. Wet One a hâte de te voir aussi. Nous sommes devenus inséparables depuis ton départ. Tu peux l'inviter à venir vivre avec nous, si tu veux, hein ? Je ne m'y objecterai pas…

Milos reconnaissait bien là son ami. Il réalisa à quel point il avait hâte de rentrer à New York.

— Nous discuterons de tout ça quand j'arriverai, dit-il en souriant. *Hey, Matthew, thanks. You know I love you like a brother, don't you?*

— Oui, oui, je sais, répondit Matthew en rougissant. Mais on ne se marie pas avec son frère, Milos.

Comme Milos terminait sa conversation avec son colocataire et ami, maître Harker revint dans la bibliothèque.

— Est-ce que vous avez décidé de ce que…

Horrifié, le notaire s'interrompit lorsqu'il aperçut Milos raccrochant le téléphone d'Elizabeth.

— Qu'est-ce que vous faites ? s'écria-t-il, le souffle coupé. Vous… NON ! Il ne fallait pas ! Vous avez parlé à vos parents ?

— Nous avons tous fait un appel pour rassurer nos proches, annonça Milos. C'est normal. On ne pouvait pas les laisser dans le noir comme ça.

— NON, NON, NON! Il ne fallait pas. Le maître avait été formel. Vous ne deviez pas informer vos familles que vous étiez toujours de ce monde.

— QUOI? firent les héritiers de Dracula en chœur.

— Vos familles et vos proches devaient croire que vous étiez MORTS! cria maître Harker, hors de lui et visiblement paniqué. Vous avez tout gâché!

Soudain, un bruit strident se fit entendre de l'extérieur. Une grosse chauve-souris venait de fracasser le vitrail au fond de la bibliothèque. Elle se mit à voleter furieusement au plafond comme un oiseau de proie avant de se poser au centre de la table. Terrorisés, maître Harker, Milos, Elizabeth et Sarah s'accroupirent en s'éloignant de la table. Madame Popescu, alertée par le bruit de verre cassé, apparut dans le cadre de porte.

— Douce divinité! dit-elle, horrifiée. Il est revenu!

Un gros nuage de fumée noire entoura la chauve-souris pendant qu'un coup de tonnerre retentissait de nulle part dehors. De la fumée émergea le comte Dracula lui-même, réincarné encore une fois, et plus en colère que jamais:

— INCOMPÉTENT! vociféra-t-il en fusillant le notaire des yeux. J'aurais dû savoir qu'il ne fallait pas faire confiance à un Harker! De génération en génération, vous êtes des incapables, des irresponsables sans cervelle qui ne méritent que de brûler en enfer!

Tout le monde retint son souffle pendant que le comte Dracula faisait deux pas sur la table. Puis il s'élança sur maître Harker qu'il saisit agilement par la gorge et qu'il lança avec une si grande force sur la table que le corps du notaire glissa à l'extrémité du long meuble avant de choir sur le plancher, à l'autre bout de la pièce.

— NON, MAÎTRE, NON! Excusez-moi! Pardonnez-moi! Je n'ai fait que mon devoir. Je n'ai pas voulu…

— SILENCE! cria le roi des vampires. Retirez-vous avant que je vous pulvérise, que je vous écrase comme la vulgaire punaise que vous êtes!

Affolé, maître Harker contourna la table en longeant une des grandes bibliothèques jusqu'à la sortie.

Le comte se tourna ensuite vers ses enfants, blottis les uns contre les autres.

— Non, maître, dit courageusement madame Popescu. Ne blessez pas vos enfants. Ils sont si bons, si aimables, si chaleureux…

— TAISEZ-VOUS! hurla encore Dracula. Je ne veux pas vous entendre. Sortez! Laissez-moi avec mes héritiers.

Madame Popescu hésita, tournant les yeux vers Milos, Sarah et Elizabeth, cherchant leur approbation qui lui était plus importante que celle du comte.

— SORTEZ, J'AI DIT!

Madame Popescu lut dans les yeux d'Elizabeth la permission de quitter la pièce. À contrecœur, elle obéit.

Du haut de la table, le comte Dracula dominait ses enfants terrifiés.

— Enfin seuls, dit-il dans un rictus troublant en ouvrant très grands les yeux comme s'il avait voulu voir chacun de ses rejetons avec plus de précision. Mes enfants, mes héritiers, les descendants du roi des vampires. C'est maintenant à vous que revient la responsabilité de perpétuer la dynastie. Vous avez désobéi à mes ordres, mais vous serez… pardonnés!

Milos avala sa salive et s'approcha de son père, s'interposant du même coup entre ce dernier et ses sœurs.

— Mais comment pouvons-nous être vos héritiers si vous n'êtes pas vraiment mort?

— Mais je *suis* mort, dit le maître, souriant de plus belle et dévoilant ses canines légendaires. Je suis mort… aux yeux des mortels. Comme à tous les siècles depuis ma naissance, je suis arrivé une fois de plus à une impasse. Je suis devenu trop… célèbre, disons. Je dois disparaître – mourir si vous préférez –, afin que les humains cessent de me chercher, de me chasser. Je dois être mort pour que vous puissiez mieux vivre.

Milos, Elizabeth et Sarah prêtaient une grande attention aux propos du comte.

— Vous êtes enfin réunis, poursuivit Dracula. Vous êtes tous là. La prochaine génération. Les héritiers du roi des vampires. Héritiers dans ce que ce terme a de plus noble. Vous vous conformerez à mes dernières volontés…

Dracula éclata d'un grand rire qui glaça le sang de ses trois enfants.

— Dernières? enchaîna-t-il en souriant. Enfin... on se comprend, n'est-ce pas? Vous vous conformerez donc à mes *dernières* volontés telles qu'elles vous ont été lues par cette larve de Harker, sans quoi je vous introduirai moi-même au sein de la grande famille des vampires et j'anéantirai vos fausses familles, vos soi-disant familles humaines... et tous ceux que vous dites aimer. À partir de maintenant, vous n'avez plus qu'un maître. Votre père!

Dracula se tourna vers la fenêtre qu'il avait défoncée et s'élança en courant sur la table. Avant d'arriver à l'extrémité du meuble, il se métamorphosa à nouveau en chauve-souris puis disparut par où il était entré.

Sans voix, Sarah et Elizabeth se blottirent contre Milos. Tous trois étaient de plus en plus convaincus qu'ils ne seraient plus jamais maîtres de leur destin.

ÉPILOGUE

— Au revoir, madame Popescu, souffla doucement Elizabeth dans l'oreille de la gouvernante sur le pas de la porte du château. Je crois que nous nous reverrons bientôt.

Une limousine attendait Milos, Elizabeth et Sarah pour les conduire à l'aéroport de Bucarest. De là, ils monteraient à bord d'un avion qui les ramènerait à New York, à Dublin et à Montréal. Trois avions différents, évidemment. Des vols commerciaux traditionnels, avec ou sans escale, qu'ils paieraient eux-mêmes à l'aide de l'allocation mensuelle prévue pour toute la durée de leur mission. Celle-ci serait redoutablement courte puisque la fête des Morts – l'ultime délai – était tout près. Si seulement ils avaient été contactés plus tôt, ils auraient eu plus de temps pour accomplir leur mandat… Entre ce matin du 17 octobre et minuit dans la nuit du 1er au 2 novembre, le début de la fête des Morts, ils ne bénéficiaient que de seize jours pour devenir des vampires et faire entrer six pauvres mortels qu'ils aimaient d'un amour inconditionnel dans la grande fratrie des morts-vivants.

— Je vous attendrai, dit madame Popescu en agitant la main pendant que Sarah, Elizabeth et Milos montaient dans la longue voiture.

— Vous croyez vraiment qu'ils reviendront? demanda le chef Morneau en posant une main sur l'épaule de la gouvernante.

La petite dame rondelette attrapa les deux premières larmes qui glissaient sur chacune de ses joues avant de se tourner vers le cuisinier.

— J'en suis certaine, mais… je ne sais pas dans quel état.

Pendant que madame Popescu joignait les mains et priait pour que la nouvelle génération de vampires soit plus miséricordieuse, sensible… et même humaine – osa-t-elle espérer – que la précédente, la limousine qui transportait Milos, Elizabeth et Sarah de leur château dans les Carpates à l'aéroport de la capitale de la Roumanie disparut silencieusement dans la brume automnale.

Saint-Michel-de-Napierville, Châteauguay, Delson,
Saint-Constant, Saint-Georges-de-Beauce, Brossard
du 15 novembre 2008 au 11 mars 2009

REMERCIEMENTS

Francine Allard, Elise Aubin, John Badham, Christine Bédard,
Daniel Bertrand, Markita Boies, Claude Bolduc,
Henriette Boudreau Comeau, Cassandra Brassard, Yvon Brochu,
Sr Lorraine Caza, c.n.d., Louise Caza, Elizabeth-A. Caza-Comeau,
Catherine Chayer, Marie-Andrée Clermont, Emilie Cloutier-
Lévesque, Carl Comeau, Charlotte Comeau, Maxime Comeau,
Robert Comeau Jr, Tanya Comeau, Angèle Delaunois,
Corinne De Vailly, Sylvie-Catherine De Vailly,
Sr Lise Desrochers, c.n.d., Chanel Falardeau, Evelyne Gauthier,
†Mary Gurney Caza, Souyuan Jetten-Duchesneau,
Hubert T. Lacroix, Sonia K. Laflamme, Pascale Lafontaine,
Ianik Lajeunesse, Frank Langella, †Louise Légaré, Charlotte Léger,
Michel J. Lévesque, Marie-Christine Loyer, †Bela Lugosi,
Hélène Magloire-Holly, Manon Mallette, Estelle Martin,
Davey T. Mitchell, Marie-Josée Morasse, Sophie-Luce Morin,
Danielle Morissette, Mario Morra, Marie-Pier Phaneuf,
Jacques René, Jonathan Reynolds, Anne Rice,
Sylvain Rivard (Vainvard), Robert Soulières, †Bram Stoker,
Chloée Théoret, Steve Vachon, Lise Vaillancourt,
Stéphanie Vecchio, Caroline Viau.

YANIK COMEAU

Écrivain, comédien, enseignant, metteur en scène, scénariste, journa-liste, traducteur, animateur, conférencier, chroniqueur à la radio et à la télévision : voilà autant de professions que Yanik Comeau a prati-quées et pratique encore.

Comme écrivain, il a remporté le Concours Libellule 1993 des éditions Héritage avec son premier roman jeunesse, *L'arme secrète de Frédéric*. Il n'a jamais cessé d'écrire, tant des romans que des nouvelles et du théâtre, tant pour les enfants, les adolescents que les adultes. Trois de ses textes ont aussi été repris dans des volumes pédagogiques à l'inten-tion des jeunes du primaire et du secondaire.

En tant qu'auteur de théâtre, on lui doit une vingtaine de « longues » pièces – dont près d'une dizaine pour adolescents – parmi lesquelles *Carpe diem, Dramatis personæ, Modus vivendi, Vérités et conséquences, Poussières d'étoiles, Massacre à Summer's Grove* et *Descendants,* qu'il a écrites et mises en scène lors de leur création et qui sont maintenant reprises dans des écoles aux quatre coins du Québec. Yanik a aussi écrit plus de deux cents courtes pièces pour enfants et adolescents qu'il a commencé à publier en six volumes pour les enseignants qui veulent faire de l'art dramatique avec leurs élèves (collection *Coups de théâtre!* chez COMUNIK Média).

Scénariste, il a écrit cent onze textes comme coauteur de l'émission pour enfants *Les Chatouilles* à la télévision de Radio-Canada, et il a écrit les scénarios des cédéroms de *Caillou* en français et en anglais.

En plus de ses nombreuses conférences partout dans la province pour parler du métier d'écrivain (il a même fait une tournée de deux semaines en Colombie-Britannique en 2003 !), Yanik dirige son école de théâtre (l'Atelier-théâtre Côté Jardin), sa maison d'édition et passe beaucoup de temps avec sa fille Charlotte, née en 2003. Il trouve néanmoins le temps d'écrire et a assumé la présidence de l'Associa-tion des écrivains québécois pour la jeunesse pendant trois ans (de 2004 à 2007).

Pour en savoir davantage sur lui, consultez son site Internet au www.comunikmedia.com. Pour en apprendre plus sur la série *Les enfants Dracula*, visitez le www.lesenfantsdracula.com.